U0903126

澄心清意

阅读致远

东大教授世界文学讲义

〈3〉

[日] 沼野充义

——编著——

王宗杰

——译——

浙江文艺出版社

Zhejiang Literature & Art Publishing House

越秀译丛

总策划：李贵苍

浙江越秀外国语学院外国语言文化研究院院长

主　编：许金龙

中国社会科学院外国文学研究所研究员

浙江越秀外国语学院大江健三郎研究中心主任

译　者：王宗杰

浙江越秀外国语学院东语学院院长

王　凤

浙江越秀外国语学院东语学院副教授

严红君

浙江越秀外国语学院东语学院副教授

李先瑞

浙江大学宁波理工学院外国语学院教授

石　俊

四川省成都市翻译协会会员

序言：为了对人类来说比金钱更重要的文学（千真万确！）

本书是先后五次邀请作家、诗人、翻译家等作为嘉宾，汇集了大家不同角度的关于文学的对话编辑而成的对谈集。与其说我是一名演讲者，不如说我是一名倾听者。本书内容并不是简单的对谈，而是本着通过对谈学习“世界文学”这一宗旨，多多少少地增加了一些解说。实际上，具有相同宗旨的日文版《东大教授世界文学讲义 1》和它的续篇《东大教授世界文学讲义 2》已经分别于 2012 年 1 月和 2013 年 11 月由光文社出版。本访谈集是该系列的第三集，但是，各分集内容方面是相对独立的，所以即使只读第三集也能给大家带来充分的享受。我认为之所以能出版第三集，多少也是前两集受到广大读者支持的缘故，这是非常难得的。虽然不能保证读了本书具体对大家有多大的帮助（各位高中生请不要以为读了本书就会对高考有什么帮助），但是期待大家读了本书后，能够试着读多一些、再多一些的文学作品。由此，希望大家能领悟到对于人类来说文学显然比金钱、权力以及任何东西都重要、都美好！

本书所收录的访谈，和之前出版的两集一样，由日本出版文化产业振兴财团（JPIC）主办。光文社作为共同主办者筹划了这个系列公开讲座。作为主持者，我的作用是不值一提的。但我可以骄傲地说——本集和前两集一样，请来了非常出色的嘉宾。可以说本集的内容比前两集毫不逊色，非常具有吸引力。

首先，请来了日本小说家中最重要的代表人物之一、把日语写实主义长篇小说创作的可能性发挥到极致的加贺乙彦先生。还请来了对小说创作魔法无所不知的、对世界文学和日语小说的写作技法运用自如的、当代作家的代表辻原登先生。

诗歌界方面，我们非常高兴地请来了日本在世界上最值得骄傲的、居于诗歌界顶端的当代诗人谷川俊太郎先生。而且，本次也邀请了谷川先生诗歌的中文译者，同时也用日语作诗的华人诗人田原先生参加。三人可以愉快讨论，也可以通过翻译来研究诗的本质。

而且，为了使文学不局限在日本，为了把国外的观点传入日本，把日本文学推向世界，我们也邀请了美国出生的罗杰·裴费斯先生和阿瑟·比纳德两位先生。罗杰·裴费斯先生作为小说家、舞台导演、翻译家，长年从事日本文化、日本文学的相关事业，所翻译的宫泽贤治作品的英译本也得到了很高的评价。阿瑟·比纳德先生作为用日语写作的诗人、随笔家也非常活跃。两位先生除了日语以及作为母语的英语之外，还通晓多种语言，具备在全球视域下畅谈日语和日本文学精妙之处的视点。两位先生都是日语高手——我们不由自主地想用这样的褒扬之词，但，相信读了他们的文章就会知道，“高手”这种普通的褒扬之词并不适合他们。包括田原先生在内，本书中出场的三位非日语母语者的日语表现力远胜于我。我想这才是日本文学进入世界文学之林的重要抓手。

这次因为我的懈怠，虽然这是经常发生的事情——出版时间比预定大幅度延迟了，给各位嘉宾和各位编辑添了很大麻烦。虽则如此，本次也与之前的两集一样，得益于各位优秀嘉宾的帮助，成就了这本内容极具魅力的书。

尽管对谈或者座谈会之类的杂志等等早已屡见不鲜，然而我还没有见到以这种形式来思考文学基本问题的系列讲座。最快乐的是作为主持者的我，对我来说这是一次最好的学习。如果能把这种快乐与各位读者分享，对我来说也是幸福的事。

在这里要感谢发起本系列讲义策划的主办者——出版文化产业振兴财团的各位同人，以及从本系列讲座开始以来，一直充满热情推进本策划的以驹井稔先生、前嶋知明先生为首的光文社各位同人。而且，Last，but not Least——虽是最后提到，但对今野哲男先生感谢的心情一分不减（还不如说，推迟到最后表达的这份愧疚心情更甚）。和之前出版的两集一样，今野先生担任了本集的编辑工作。从还没有成形的、混乱的状态（基本上口头对谈这种形式形成的文稿都有这个情况），开始像变魔术一样，将其编辑成了一本内容清晰的书。

另外在策划本书期间，我也终于迎来了花甲之年，由大学里的学生们牵头，为我举办了庆生会。我想谨以此书作为送给他们的回礼。我还能努力几年，你们今后也要在文学领域里更加努力，再上层楼。

沼野充义

2014. 12. 27

目录

小说家·诗人篇

文学中的异语言乐趣

第一章
现在重新思考——“文学是什么”

——加贺乙彦与沼野充义的对谈

大河小说中呈现的“我”与“日本”的战后社会

加贺乙彦

1929 年生于东京都。小说家、精神科医生。曾经担任过东京医科牙科大学犯罪心理学研究室副教授，上智大学文学部教授。从 1979 年开始专心写作。主要的作品有《佛兰德之冬》（获 1968 年艺术选奖文部科学大臣新人奖）、《永别的夏天》（获 1973 年谷崎润一郎奖）、《宣判》（获 1979 年日本文学大奖）、《湿原苦恋》（获 1986 年大佛次郎奖）、《永远的都市》（获 1998 年艺术选奖文部大臣奖）、《云之都》（获 2012 年每日出版文化奖特别奖）、《加贺乙彦自传》《啊，父亲啊，啊，母亲啊》（均为 2013 年作品）等。1987 年受洗信奉天主教。2011 年获授文化功劳者表彰。

读书经历始于巴尔扎克和托尔斯泰

沼野：今天有幸得到了与加贺乙彦先生座谈的机会。

小说家加贺乙彦先生是当今日本可以自豪于世界文坛的具有最高水平的文学家之一。最近完成的作品《永远的都市》和续集《云之都》，加在一起的字数大概有托尔斯泰《战争与和平》的两倍，是罕见的真正的长篇小说。加贺先生是那种能创作出现代越来越难以创作的真正的小说、大长篇作品的作家。而且，由于他常年研究精神医学，平时积累的专业知识也在描写小说人物的洞察力方面运用自如，这也是加贺先生小说的显著特征。这是他所有作品共有的、不可动摇的特征。这不仅仅是因为加贺先生作为精神科医生一直对人类的生与死抱以深切的关注，还因为作为天主教的信徒，他一直在追根苦思宗教问题。总而言之，他在遵循科学的同时，也把宗教作为自己的思考课题。像他这样以如此视角常年坚持长篇小说创作的作家，在世界上也几乎找不到类似的第二个人。本次策划是以翻译文学为中心，将广泛阅读世界文学作为振兴读书计划的一个环节。因此，我想请加贺先生讲一下是如何阅读文学作品的；在先生所阅读的文学作品中，又是怎样熟读外国文学的；同时也请加贺先生谈谈翻译的作用。

加贺先生的作品多种多样，当然也有小说之外的著作。最近出版了《加贺乙彦自传》（2013 年，集英社）。这本书是以一位名叫增子信一先生的见闻为基础素材而创作的，是一本通俗易懂、内容丰富的书，是了解加贺先生全貌的非常好的入门书。此外，其作品还有《小说家阅读陀思妥耶夫斯基》（2006年，集英社）、《不幸之国的幸福论》（2009年，集英社新书）等。书中就如何更好地活在当下的日本这种精神层面的问题，表达了自己的观点。今天也许会重复先生书中所写的内容，但我很想借机跟先生本人探讨相关的话题。

首先，我想请教作为小说家的加贺先生。请问加贺先生的文学观是怎样的呢？您仍然坚持以长篇小说创作为根本吗？您仍然认为自己能够发挥专长的是长篇这种体裁吗？

加贺：我想把您刚才的提问改成“为什么写长篇”来回答。战争结束的时候，我才十六岁，那个时候，战后的两三年间什么书都没有。没有办法，每天只能贪婪地阅读父亲收集的昭和初期出版的一日元一本的全集书，例如新潮社的《世界文学全集》、改造社的《现代日本文学全集》、第一书房的《现代戏剧全集》等书籍。这也是我在战时就读于陆军少年学校，对当时只能阅读有军国主义内容书籍的逆反心理吧。

说起那时候的感想，就是觉得“日本的小说很无聊”。和日本的小说相比，外国的小说则很有趣。特别是法国、俄国等国家的小说非常有趣。日本的小说多以贫穷为主题，俄、法小说的内容则往往是住在绚烂豪华的庭院、吃各种美味的食物且经常会描写无所事事的夫妻。他们一定有婚外恋。这种感觉岂不是和日本小说的“贫穷物语”完全不同嘛。我因为家里有《夏目漱石全集》，所以他的作品基本全都读了，漱石先生也没有写婚外恋的小说。最后创作的《明暗》总觉得描写了一些男女之间不清不白的内容，但作品最后因为没有完成而告终，所以也不是很清楚。

后来，我读的是日本旧制高中的理科，总觉得学习的内容很无聊。所以，经常逃学。去的不是教室，而是图书馆。学习方面也只是考试前临阵磨枪。因此，在往返学校的电车中，在学校都是在读书。自己喜欢读的主要都是长篇小说。最初觉得值得尊敬的作家是巴尔扎克。巴尔扎克写了九十多部小说，其中大部分的小说构建了同一个世界，*La Comèdie Humaine*（《人间喜剧》）这个巨大的文学世界。有的人物在一本小说中出现一次，在其他的小说中也会出现，比如皮安训医生，就出现在不同的作品中。一部又一部的作品，组成一个相对完整的巨大小说群。因为我那时还不太会法语，所以就去神田的旧书店寻找作品的译本。战争前与战争时大约有六十种有译本吧。其他没有译本的，就只能自己学习法语来阅读。

特别有趣的是《高老头》。这部作品中有各种各样的人物出场，在《人间喜剧》这部巨著中活跃的人物在《高老头》中也基本都有出场。我认为这是阅读巴尔扎克作品最合适的入门书。《高老头》之后是《幻灭》，然后是《交际花盛衰记》。这三部书互相联系，实质上是一部小说。其中最有代表性的人物是一个叫伏脱冷的投机者。这是个是在巴尔扎克的小说里很多场景都有出场的坏家伙。无数次被投入监狱却又逃脱！他化装成西班牙人，又化装成神父，活跃在不同的场景，是一个非常有趣的人物。

像这样阅读巴尔扎克作品的过程中，我渐渐感悟到小说是不是应该这样写呢？怎么说呢，简单地说，就是首先一个人物出场，对他进行描述。之后与之敌对的人物也出场，然后分为敌方我方进行交火。总之，像日本的武打小说一样。我清楚地意识到小说如果这样写会非常有趣。

因为读完了巴尔扎克的六十多种翻译作品，巴尔扎克的作品已经找不到译本了。之后就读了司汤达的《红与黑》《巴尔玛修道院》。司汤达和巴尔扎克基本上是同时代活跃的作家。司汤达和比他稍晚出生的巴尔扎克交往很密切。当时阅读了以司汤达和巴尔扎克为代表的很多法国文学作品。

那之后，我喜欢上了俄国小说。最先阅读了大河小说①《战争与和平》。书中既有大量的恋爱场景，也有战争场景。有不计其数的山珍海味，还有贵族的生活。小说的舞台虽是拿破仑战争时代，但托尔斯泰生于 1828 年，拿破仑战争已经彻底结束了。就是说，他写的是历史小说。

因此，我也明白了小说可以把过往发生的事情写得如此精彩。在《战争与和平》中，拿破仑发动战争，就在他攻陷了莫斯科、等待来投降的使者之际，严冬到来，粮食耗尽，拿破仑大军一败涂地！于是，之前战败逃到南方的俄国军队突然反击，大获全胜。这种写法实在是妙不可言！库图佐夫是实际存在的俄国将军，他在与拿破仑作战的过程中，开始时屡战屡败，以至于逃到莫斯科。因此拿破仑能够从奥地利一路攻城拔寨，打进俄国纵深地区，而库图佐夫只是一路退却。在大家都认为他会固守莫斯

---

① 大河小说，原是法国文学中的一种形式，也称“江河小说”，指多卷本连续性并带有历史意味的长篇巨著。如罗曼·罗兰的《约翰·克利斯朵夫》。——编者注

科的时候，库图佐夫却径直绕过莫斯科一路向南，退到了粮食丰盈的地区。在食物丰富的地方，他对士兵说“你们只管好好休养，把身体调养好就可以了”，他自己也呼呼大睡。看上去他就是这样一个将军。然而，不久之后的事态发展正如库图佐夫所说的那样。

拿破仑认为自己战胜了俄国，部队着夏装不断征战，到了冬天却没有冬装。而且他们占领莫斯科后，因为在莫斯科居住的很多贵族都逃走了，法国士兵把战利品装上马车，以为胜利归国后会成为大富翁。但马车装载过重，而且这时库图佐夫的部队士气正旺，不断进攻。法军则精疲力竭，逃跑的速度又很慢，只能丢掉仅剩的财物拼命逃跑！在那种状况下，最先逃跑的是拿破仑，最先逃到巴黎的也是拿破仑！

这些故事是实际发生的事。托尔斯泰大概是以自己家族为原型，且将某个贵族家族糅合到一起想象而写出来的。巴尔扎克多少也有这种倾向。不管怎样，托尔斯泰非常巧妙地描写了在历史上非常有名的拿破仑和库图佐夫。那部巨作如果用原稿纸来计算字数的话，有四千五百页！但是读起来却引人入胜，能一气读完。

如果你去巴黎，就会惊讶地发现，书店里居然会贩卖《战争与和平》的法译本，或许是因为那场战争的精彩程度堪称空前吧。自己国家战败的故事，居然作为纪念品进行销售。我买来书试着读了一下，下面有注解。小说开头的部分对白是用法文写就，而法国人则用注释批评其法文有误，诸如“语气蠢头蠢脑，不似法国人口吻”“纯属俄式法语”，等等，将托尔斯泰好一番批驳。试着读一下，从另一个角度讲也很有趣。也因为有这样的插曲，我成了托尔斯泰的粉丝。

那之后读的是《安娜·卡列尼娜》，再之后是《复活》。其他的还有《哥萨克》，写的是打败车臣军队的故事，这故事好像唤起了托尔斯泰对车臣人民的同情。他认为在战场上虽然是敌人，却也令人钦佩，作者没有任何偏见地进行描写，完全没有因为是敌人就把他们写得很可憎。因此我非常钦佩他！我由此对托尔斯泰着了迷，在神田的旧书店找到了日本大正时代出版的旧版的《托尔斯泰全集》，之后就读了这部全集。

托尔斯泰在各个不同的方面写了很多对法国人的不满。如他认为法国有一位叫波德莱尔的诗人，写的诗完全让人看不明白！他认为完全不能称之为诗。还对法国，特别是对 19 世纪中叶的诗有很多不满。此外，他还写了宗教题材的随笔，还有《傻瓜伊万》等民间故事风格的作品。

电车中偶遇陀思妥耶夫斯基

然后在那时我遇到了陀思妥耶夫斯基的作品。因为是在旧制高中读二年级，所以应该是十八岁或者十九岁的样子吧。陀思妥耶夫斯基的小说，最开始读的时候非常让人惊讶的是《死屋手记》。作品描写西伯利亚监狱里发生的事，我完全沉浸其中。我当时学的是理科，周围的同学选择大学读工科的比较多，也有一些人想读医科。我想读文学部，但是这时再想改读文学部又通不过！那么就选了看起来非常有趣的医学部，下定决心进了医学部。

那时我家住在现在的新宿歌舞伎町的二丁目。从家到东京大学乘坐东京都都营电车通勤。于是，单程需要一个小时，再加上回程需要两个小时。我当时想有没有什么办法把这两个小时有效利用起来。当时，1950 年的时候，出版了很多翻译书籍。之前也许是因为战争和战争刚结束的原因，无法翻译、出版。这时就像洪水决堤一样，大量的翻译书籍被出版了。而且，非常畅销！同时，日本的战后文学也逐渐获得了新生。例如椎名麟三、野间宏、三岛由纪夫、大冈升平等作家不断创作出很多非常出色的小说。我把这些新出版的书和同时发行的文库本①，自己命名为“我的书房”，在乘坐电车时阅读。每天各读两个小时，读得非常快。文库版的话，一个小时可以读一百页左右，如果算上回程的话一天能读二百页左右。那个时候的岩波文库出版的书，每一百页印有一个星号印。所以当时以读到一个星号印或读到两个星号印来决定每天的阅读量。所以，岩波文库的文库本转瞬间就读完了。角川文库的、新潮文库的也都依次读完了。那时有很多翻译家不停地翻译，所以不会有因为没有人翻译，而读不到外国的文学作品的苦恼。

创作《死屋手记》时，当局认为陀思妥耶夫斯基与立志革命的彼得洛夫是同志，将他与一众友人一并逮捕，一起流放，放逐到西伯利亚，关进了监狱。《死屋手记》正是记录了那段生活的小说。那之后我阅读的是《罪与罚》，然后是《白痴》《恶灵》《少年》。最后读的是即使现在也很受欢迎的《卡拉马佐夫兄

---

① 文库本，以普及为目的出版的廉价的便于携带的小开本图书。

弟》。总而言之，那时翻译过来的陀思妥耶夫斯基小说的数量也是非常多的，然后我一册一册都是坐电车时读的。如果没有电车，我想也许不会读那么多的小说。那时日本国营铁路的电车被称为省线。我也可以乘坐省线到“御茶水站”。但是，当时我选择了乘坐比较慢、不太摇晃且适合看书的都营电车来通勤。尽管坐都营电车所需时间较长，每天必须很早从家里出发。

因此，陀思妥耶夫斯基和托尔斯泰的作品，我在学生时代就基本都读完了。其中特别有趣的是陀思妥耶夫斯基的《作家日记》，这是他在写《卡拉马佐夫兄弟》前，自己去法院旁听对各种杀人犯的审判，从而写就的一部翔实描写如何实施杀人进程的书。我认为这可以说是依据真实的杀人事例而创作的一部作品。他是以那些杀人实例为基础，整理归纳后来完成写作的。因此，阅读《作家日记》时，我们会一点一点地明白，这是曾经在哪部小说的哪个人物上使用过的写作手法。于是，读者就会明白陀思妥耶夫斯基的创作是运用了想象的手法，而不是单纯的空想。他不是随意写些根本不可能存在的事情，而是仔细观察自己熟知的活生生的人，将之作为小说的一个人物来进行塑造的。

其他的，现在回忆起来，当时读小说时也有不明白的地方。例如：肖洛霍夫的《静静的顿河》，认真阅读就会了解哥萨克人是怎样生活的，开始时觉得很有趣。而他的另一部《被开垦的处女地》也被翻译为日语了，可是读到一半时，觉得政治的气息太浓，就没有继续往下读了。

从世界文学的大河小说出发，途经 19 世纪俄罗斯小说，再到《源氏物语》

加贺：日本的作者，在二战中很长的一段时期不能发表真正的小说，战后发表的小说中，有很多写自己亲身经历的故事。例如：椎名麟三的《深夜的酒宴》《永远的序章》。其他还有野间宏、大冈升平等作家的作品，我也读了很多。特别是对大冈升平的《野火》，我到了痴迷的程度。这些作家的小说写的都是自己亲身经历的、亲眼看到的，这些实际发生的事成为他们小说的原点。

我认为这和俄罗斯小说家的创作方法类似，和二战前日本的小说不同。这些战后作家的小说，不是所谓私小说，不是以自己的本色来写小说，而是做一些改变后来创作的。换句话说，我认为这和夏目漱石的做法很像。他们都是用这种方法创作的。

在这种阅读状态下，日本迎来了 1950 年至 1955 年翻译书出版的一个顶峰，战后派小说家也不断推出很多作品。于是，读小说成了让人更加快乐的事情，医科的学习就被我抛到脑后去了。

于是，那时候我就开始想：我拼命地读了那么多小说，为什么自己不试着写一写呢？就这样，有一天我就下决心试着写了一下，还是不行！这里是托尔斯泰风格，那里是契诃夫风格，这是什么呀！这不都是模仿吗?！我意识到自己在创作方面所下的功夫还远远不够。这期间，虽然因为升了高年级医学部的学习生活也渐渐忙碌起来，可是我还是不想改变在通勤电车中读小说的习惯。有时虽想到第二天的功课不预习不行，可还是依旧继续读小说！我刚才计算了一下，这样的生活大概持续了十五年。

从医学部毕业后，我在东京拘留所工作了两年半，那之后去法国留学了两年半，回国后作为医生在东京大学的医院工作了十年左右。为了读书，我还是乘坐都营电车通勤，依旧沉浸在小说的世界里。

第一次世界大战结束后，在欧洲很快开始流行长篇历史小说。罗曼·罗兰、高尔斯·华绥等作家，他们创作了篇幅比一般长篇小说长很多的小说，从那时起，我对长篇小说有了特别的兴趣。欧洲新出现了所谓长篇历史小说这一分类。那么请问日本有这类小说吗？只是讲长篇小说的话，也并不能说没有。有中里介山的《大菩萨岭》，或者岛崎藤村的《黎明前》，还有芹沢光治良的《人类的命运》等。美国则有多斯·帕索斯的《美国》三部曲这样的超级长篇小说。还有一个叫威廉·福克纳的作家，我认为他是模仿巴尔扎克的创作，他的小说也都是互为关联的。现在我也在读福克纳的小说，如《押沙龙，押沙龙!》等杰作。法国有萨特的长篇小说《自由之路》，最近出版了新译本（海老坂武、泽田直译。2011 年岩波文库全六卷完整本），翻译得非常好。我又重新读了一遍，我再次感悟到萨特小说中尤以《自由之路》最为了不起!

因此，最终我常读的小说多为欧洲作家创作风格的长篇历史小说。如：罗曼·罗兰的《约翰·克利斯朵夫》。作品讲的是一个叫约翰·克利斯朵夫的少年，随着他的不断成长，逐渐变为一个伟大音乐家的故事。我认为这是以贝多芬为原型创作的大型长篇小说。然而在我读书之路的终点，还是 19 世纪俄罗斯的陀思妥耶夫斯基、托尔斯泰、契诃夫这三位作家为主的小说。在其他的国家很难找到能够超越他们的小说。这一点即使到现在我也这样认为。沼野先生是研究俄罗斯文学、东欧文学的教授，在您的面前说这样的话，虽说是班门弄斧，但是我认为俄国的小说家特别是 19 世纪后期的小说家，可以说是世界上最出色的。

后来我想日本很幸运，有岛崎藤村这样的作家。而且，最近《源氏物语》在世界各地被翻译成各种语言，当然也被翻译成了俄语，英语的则有多个版本。从 2008 年 11 月 2 日开始为时三天，日本举行了“《源氏物语》国际研讨会”。开幕式上，濑户内寂听和唐纳德 · 基恩进行了演讲。第二天开始进入主题报告，有三十位左右的出席者发表了研究成果，最后一天进行了“总结和讨论”。《源氏物语》被举荐为当今世界最优秀的小说之一。我也只是在最近才阅读了该书原文。之前出于对与谢野晶子以及濑户内寂听的敬佩，读了他们的译本。《源氏物语》这部作品，其情色意味确实比较浓，甚至达到让读者咋舌的程度，但是这并不妨碍我们说它是世界上最早的长篇小说，不是吗？毕竟千年前，世界上没有哪个国家写出过这样的作品。

日本人创作出《源氏物语》这部世界上最早的大河小说。之后德川时代出现了井原西鹤，我非常喜欢他。那个时代的作品，现在可以直接阅读原文了。而《源氏物语》的话，如果不看很多注解，则读不懂。我则是因为知道世界各国的人都在读，自己如果不读的话会感到羞耻，所以才全力以赴地借助注解，通读全篇的。《源氏物语》是世界上最早的长篇小说，而且是大型长篇小说。这是非常令人震撼的事实！我也是因为读了《源氏物语》，才感到自己小说的创作方法没怎么错，多少增加了一点自信心。

何为写实主义

沼野：我想请教的问题，先生已经将整个大的脉络讲给我们听了，接下来我想请教一下具体的问题，包括一些细节性的问题。

刚才谈话的最后，出现了《源氏物语》的话题，正如加贺先生所讲的那样，在俄罗斯，《源氏物语》有一个单人翻译的全译本。翻译者是一位俄罗斯的日本文学研究者，是一位名叫塔琪安娜·德柳丝娜的女士。因为翻译长篇巨著不是短时间内能够完成的工作，她花费了很长时间。她最初开始翻译时还是苏联时代，好在《源氏物语》写的是太久以前的故事了，没有资本主义，顺利出版了。

在那之后不久，出版了很精致的修订版。实际上塔琪安娜·德柳丝娜女士和加贺先生有很深的缘分。我以前就认为加贺先生的很多小说应该翻译成俄语，并被俄罗斯读者所喜爱。听了方才的对谈大家应该了解了，加贺先生不只是深刻理解陀思妥耶夫斯基、托尔斯泰的作品，而且他自己写的小说也都灵活运用了他们的创作手法。当代的俄罗斯读者如果能读到加贺先生作品的话，一定会非常惊讶，一定会吃惊于在现代日本居然还有这样能创作出长篇小说的小说家！所以我认为一定要把加贺先生的小说翻译成俄文，在俄罗斯出版，让大家知道他的存在。对此，我略尽了点微薄之力。塔琪安娜·德柳丝娜女士把加贺先生代表作之一的《宣告》翻译成俄语，而且计划最近在俄罗斯出版。本月（2013年11月）末我计划和加贺先生一起去莫斯科，出席一些出版纪念活动，参加演讲活动等。《宣告》这部小说是我最初建议塔琪安娜·德柳丝娜女士翻译的。因为陀思妥耶夫斯基有《死屋手记》这部巨著。那是陀思妥耶夫斯基在监狱里观察到了原本自己一无所知的罪犯的生活，才得以写成的纪实小说。这段经历是陀思妥耶夫斯基作家生活的基础。加贺先生大学刚毕业时作为精神科医生在东京拘留所从事对死囚犯人的心理咨询工作，以那段时期的经历和观察为基础创作了《宣告》。大家都认为这毫无疑问是日本的《死屋手记》。这是一部话题非常沉重的小说。当下的俄罗斯进入后现代社会，社会整体氛围有倾向于轻松、快乐的趋势。所以我多少有些担心这类小说是否会被接受。为了让大家知道有一位名为加贺乙彦的日本作家，《宣告》也许是最合适的作品。

与上述内容相关的我想请教加贺先生，刚才说的是写小说不能只是凭想象，只是想着去写有趣的、可笑的内容，而是要认真观察现实生活，有写实主义的精神，以此为基础进行创作才是正道。正如您所言，《宣告》不正是基于这个宗旨而写作的吗？当然也有虚构的成分，不能把它说成是陈述现实的记录。那么，在这里想请教加贺先生，小说的写实主义，应该是怎样的？请以您的作品为例说明一下。

加贺：对这个世界一无所知，连自己的家门也不出一步而全力以赴地进行小说创作，那是不行的。归根结底，不只是要了解自己周围的事情，还要走进大千世界去观察。这是很重要的。为此，我从医学部学生时代开始，就过着一种被周围人议论说“那家伙走错一步就完蛋了”的生活。要问我都做了什么？东大诊疗所①设在东京的龟有和川崎地区。那里有贫民的聚居地，是与东京和神奈川完全不同的且不可想象的存在。在那里，痢疾、结核、腹泻等传染病肆虐。大家也许没有听说过，还有一种叫沙眼的流行疾病。沙眼可以使眼睛失明。而且，当地又没有自来水、煤气。这种不卫生的地方在战后有很多。我第一次去这种地方时非常吃惊，在东京居然还存在着这样的地方！我召集了几个朋友一起商量，为什么不建个诊疗所呢？于是我和学长们一起谋划建立了东大诊疗所，还建立了诊疗所附属的托儿所。为什么建立托儿所呢？因为穷人们必须去工作，但是没有人帮助照顾小孩的话，就不能去工作。所说的工作也是最底层的体力劳动，只能挣很少的钱，但是可以果腹。既然如此，就援助他们吧。也就是说，用我们的双手给他们创造一个能安心工作的地方和环境。于是，女子医科大学的同学们自愿地做起了保姆。我们就挨家挨户地查看情况。患结核病的人一眼就可以看出来。我经常去龟有一带，现在那里到处都建成了气派的公寓，那时的龟有到处都是农田。在农田之间是龟有的街道，那里聚集着没钱的战败归国者和很多患病的人，是一个贫民窟！那种状况我是一路看过来的。我做了医生之后也经常去那里。

我在山手地区长大，出生在算是比较富裕的中等家庭。因为意识到东京会有很多以前没有看到过的风景，所以住在了龟有，并在那里参加诊疗所工作。除非是必须参加的大学实习才会出

---

① 东大诊疗所，东京大学学生设立的救济贫民的医疗诊所。

门，其他的时间连学校也不去，一直待在家里。有一次向某人说了这件事，结果被那人说了：“本该是学习的身份却只是在不得不去的时候才去学校，这算是什么事儿啊？这种事儿还好意思说吗？”

我就是在这种情况下，用心去观察世界的。为了文学，读书自不必说是必须做的努力。读书之外也要扩大自己的生活范围，接触各种的人，观察他们的生活状态也是非常重要的。我认为如果可能的话，去国外切实感受一下和日本的差异也是必要的。什么都不知道，只是读书，也是没有用的。

我之所以认为自己是一个具有科学思想的人，是因为科学把实际存在的东西作为研究对象，来正确认知它。这个对象也可以设定为人类，正确认知真实存在的人，现实生活着的人，了解各种不同职业的人的生活是非常有必要的。

我认为令自己受益匪浅的还有自己没有进入私立学校，而是上的公立小学。普通的公立小学校，聚集了各种各样的小孩子，他们有着从事各种职业的家长。于是，去朋友家的时候我就会问：你家是做榻榻米的？榻榻米是怎样做的？如果其父母是在镜片工厂工作的话，也就知道镜片是怎样制造的。有很多各种各样的朋友，他们的生活各不相同，而不是都像我父亲一样是公司职员，有工匠，有商人，还有工厂管理员。我现在也常想，那是一段宝贵的经历。

总之，认知现实、把握人们生活的实际情况是创作小说不可或缺的要素。我没有想成为小说家。在救济诊疗所经历了那样的生活，而且阅读了陀思妥耶夫斯基《死屋手记》之后，我想如果成为医生，就应该最先成为在拘留所工作的医生，去看看真正的罪犯们都是什么样的人。可是当我当了医生，过了一年左右的时间，作为法务技术员的精神科医生真的去了东京拘留所工作后，大吃一惊。因为我明白了陀思妥耶夫斯基小说《死屋手记》里所写的一切都是真实的！陀思妥耶夫斯基在监狱里被监禁的四年中，认真观察接触到的各种各样的犯人。我把他的小说人物作为依据，和我在监狱或拘留所接触到的曾经犯罪的人们进行比较，发现与他小说中所写的人物一模一样。

我由此有点明白了陀思妥耶夫斯基作为小说家的观察方法以及写作手法。他经历了大难不死的事件。先是被宣判为死刑，可是在执行前被减刑为流放西伯利亚四年。因为这件事他认知世界的眼界变宽了。那之前他是莫斯科一个医生的儿子，是那种只生活在一定圈子里的人。因为去了西伯利亚，得以观察到他之前完全未知的很多人的生活状态，亲眼目睹了这样的事实。我认为西伯利亚之行对他个人来讲，虽说是个不幸的事情，但其结果造就了陀思妥耶夫斯基这个大作家。

我还是医学部学生的时候，多少有一些想成为小说家的想法，但还是下不了毅然决然舍弃医学之路而成为小说家的决心。可是，因为看到了很多贫穷人的生活，看到了各种各样的罪犯，认为自己度过了一段非常有意义的时光。然后，我又去了法国留学。那时正值阿尔及利亚独立战争的最高潮，在监狱里看到了阿尔及利亚人如何被抛弃，被关入监狱，并因为拘禁反应而患上精神病，因而成为废人等状况，和在日本看到的东西完全一样。所以，至今我仍认为了解广阔的大千世界对小说家来说是不可或缺的，是非常重要的功课。即使现在也是如此，一旦有什么集会或发生了什么事件，我也不是把自己一直关在房间里，而是尽量走出家门。

虚幻与现实世界的交融

沼野：听了加贺先生的话，我认为您实际体验的经历与您丰富多彩的小说世界是密切相关的。

所谓真实的东西，或者是想象的东西，在评论俄罗斯小说时，经常成为讨论的话题。众所周知，陀思妥耶夫斯基的小说有很多特别的奇思妙想，有的部分看上去像是异想天开。他认为自己真实地描写了发生在俄罗斯的事情。初读时以为是空想，实际是写实。世界上的很多作家都说自己的作品才是写实的，只能说那种作品大都不过是表层的写实主义。要想知道真正的写实是什么，让我们思考一下刚才加贺先生的话。

《战争与和平》这部作品场面宏大，里面有很多法国人登场。但是最让人印象深刻的是丰富多彩的各个阶层的俄国人的登场。有一位研究者说“数了一下，有名字的出场人物就有五百五十多人”，再加上没有名字的士兵还有几万人，但至少对这五百五十多人有详细的描写。而且，对俄罗斯的贵族、将军以至于农民等人物的言行描写得丰富多彩、细致真实。这样想的话，我认为最近加贺先生完成的自传体长篇小说也非常了不起。最开始创作的是《永远的都市》，然后是《云之都》，两部作品加在一块在字数上远远超过《战争与和平》。《云之都》是描写从二战结束直至 2001 年间发生的事。主人公名为悠太，是加贺先生的化身，是一部以巨大的历史长河为背景的自传体小说。

也许有很多人还没有读过，简单给大家介绍一下。这部长篇小说的故事从 1952 年开始，至 2001 年结束。是一部跨度达半个世纪的长篇小说。名为悠太的主人公，考入东京大学医学部，参加救济医疗所的活动，毕业后在东京拘留所做狱医，为死刑犯、无期徒刑犯做心理辅导，然后去了法国。之后创作了《佛兰德之冬》，并以这部小说参加了“新人奖”的征集，作为作家被认可。最后在小说中成为 J 大学的教授，专门教授犯罪心理学课程。实际上，加贺先生在上智大学教授过精神医学和犯罪心理学课程。总之，自传的事实和小说的内容相比较，吻合度很高！悠太的出生日是昭和四年（1929）四月二十二日，这和加贺先生的出生日也一致。可是，另一方面因为这不是写实小说，全部内容不会都如实描写。我个人注意到的与事实不同的地方就有很多。

在这里作为一名读者，我说出自己的关注点，写小说必须以事实为依据。必须是取材于事实中蕴含的丰富多彩的现实，并将其如实描写。大家也理解这种写实主义手法。然而，在这里如何加入虚拟的内容，又怎样能做到相互融合，这就是写小说的技巧。关于这方面，加贺先生是怎样思考的呢？可不可以讲一讲您的高见呢。

加贺：如果想通过写小说来表现什么，那么就要把事实略做改动。有必要把和事实略有不同的世界，也就是常说的梦幻的世界进行恰到好处的调和。教给我这种微妙方法的是陀思妥耶夫斯基、托尔斯泰，还有契诃夫。这三人实际上非常重视自己的经历。如托尔斯泰在年轻的时候，曾参加过车臣战争。这段战争经历成了他创作小说《哥萨克》的基础。虽然小说的内容确凿无误是虚构的，但是当时读者读到描写高加索山脉等的段落时会感到非常生动。

小说使读者感受到俄罗斯的大地无限广阔，在这浩渺的广阔之中给人一种远离人类的感觉。这是俄罗斯评论家别尔嘉耶夫对托尔斯泰的评价。而把这种写法表现得淋漓尽致的是契诃夫的戏剧。契诃夫的戏剧大多描写俄罗斯的乡村，以有钱人的别墅为舞台，但是环绕别墅的大自然却总是有所欠缺。日本人一读就会发现缺少什么，没有描写山！山在日本随处可见。即使在关东平原也可以看到远处的富士山。但是，在俄国很少有山。广袤的森林和雄浑有力的大地的反面是单调而缺少变化的另一面。而在日本却是稍微进入山中，就会有流淌的小溪、飞流直下的瀑布等，就是这样的富于变化和有深度。日本的小说从《源氏物语》到井原西鹤创作的作品为止，山有时是作为人们不可以进入的遥远的另一个世界来描写的。可是俄罗斯很少有山，极目所望尽是平原、浩浩荡荡的大河。这与溪流交汇的日本的自然大不相同。注意到这些差异，就会发现契诃夫表现力的过人之处。托尔斯泰也是如此，库图佐夫将军不断地逃往广袤的平原深处。所谓的逃往大平原的深处这种事情在日本是不可能的。日俄间有这种差异，调动自己的想象力把这种差异恰当自然地写出来，我想说这应该是小说家关注的地方，也是我想特别强调之处。

《源氏物语》是欧洲风格的大河小说吗

沼野：再回到开始时的话题。前面您说过，沉湎于读书的年轻时候，曾经觉得日本的文学作品对贫穷的描写非常多，觉得很无聊。与之相比，外国的文学则是内容丰富的有趣的世界。我自己作为外国文学的研究者，也有过相同的感触。有很多和我同时代的研究外国文学的同道中人也这样说。加贺先生认为日本文学侧重于描写贫穷的原因之一也许是外国文学所描写的生活比当时的日本富裕很多，认为以饮食为代表的生活比当时的日本更加丰富多彩。另外也许还有显然是文学本质方面的差异。

刚才加贺先生讲到《源氏物语》是世界大河小说的先驱，单从这层意义来讲也是非常了不起的作品，我也这样认为。可是，如果和西欧的近代文学的小说相比较的话，日本的古典小说又不能与之相提并论，它有其独特的华美之处。不是简单的一句哪个更好就能说清楚的问题。我认为东西方文学具有本质的差异，这个侧面因素非常大。

在这里，我想向加贺先生请教一下对日本古典的看法。第一点，《源氏物语》从量的方面来讲无疑是一部非常宏大的小说，但是和西欧近代小说相比在作品构筑的层次上有所不同。西欧文坛把这类小说叫作大河小说（大长篇），我认为之所以用这种比喻的说法自有其道理。这种大长篇不只是篇幅长，内容量多，而且是像大河一样，首先有小说的开端，像河流的源头，然后经过流淌的过程，最后汇入大海。可以说，这样确定的目标、构思的意图支撑了小说的构造。因此才能用“大河”这样的比喻。但是，日本的《源氏物语》虽然被称作“物语”，但是从构筑全篇小说的构思能力方面来讲确实感觉略有单薄之处。全篇只是一帖一帖单纯的叠加。最后到《宇治十帖》的篇章，终于有了可以称之为统一的世界观之类的内容。我认为开篇大部分都是相似境遇的不断重复，没有办法确定整篇小说作为一部大长篇的脉络走向。不只是我一个人这样说，加藤周一先生等也这样认为。日本的长篇的作品在构造方面比较薄弱，和西欧近代小说有所不同。

我不是因此想说日本的小说不行。打个比方说：西欧近代的大长篇，也包括加贺先生的作品，如同大河一样流淌。相比而言，我认为《源氏物语》等代表日本中世纪的小说，则如同不断重复的拍来涌去的涟漪一样，无法掌握其整体的流向。

再说一个相关的问题。相对于这种存在构思问题的巨作，日本古典文学独具特性的是短歌、俳句。我认为这是在世界上独一无二的、简短完整的文学作品。因此日本的文学作品相较于西欧那样的鸿篇巨制虽然构筑方面存在不足，但有评论说其完美地概括精短的文学形式，才是日本文学的主流。日本文学总体来讲，长于短小的形式，短于鸿篇巨制。文学史家小西甚一也曾有此评论。那么，以写长篇为志向的加贺先生这样的作家会怎样评论日本文学钟情于短篇这一美学特征？我对此非常好奇。换句话，再进一步提个问题，文学可以分为诗歌和小说两大类，您对诗歌是怎样评价的？想听一下您的见解。

加贺：就《源氏物语》的情况而言，从作品的构造看，首先是一个女性在生活中和光源氏相识，且把这个故事用类似短篇的形式描写出来。然后，在下一篇又有不同的女性出现和光源氏相识。以这种形式不断重复，不同的女性不断出现，并和光源氏相识。可是，再读下去则是详细描写头中将等源氏敌对方的人物的出现，以及他们之间发生的政治斗争。因此有很多的女性出现以如同梦幻式的佳话不断重复扩展，其背后的宫中的生活和政治，却由此非常真实地表现出来。这种写法，实际上在故事的背后是紧密关联的。这种联系的方法，则和欧洲的长篇小说相当相似。因此，我认为它是详细描写事实和时代的小说。总而言之，从"桐壶"开始读到"宇治十帖"，就会明白其中也有欧洲式的创作方法。

沼野：确实表现出很强的思想性。

加贺：思想性很强啊。到了"宇治十帖"，里面故事整体出现了很强的戏剧性要素，又有浮舟自杀的一场戏。故事的构思和"宇治十帖"之前有很大不同。那不同的部分则是欧洲式的写法。从"桐壶"开始读到"梦浮桥"前后部分，则是以各种形式来美化女性的。但是，在某一处把身份低下的女性聚在府邸之中，于是又出现了女性之间的关系问题。以这种写法来进行描写。最开始的时候，随着章节的变化就会出现不同的女性，给读者一种不断重复相同故事的感觉。随着对宫中的男人们的关注，再追寻他们的行为发展线，就变成了一部完整的小说。在京都六条建了府邸之后，关于女性之间的交往的描写就更清晰了，之后则迅速切入"宇治十帖"。所以，故事没有给人以突兀的跳跃感，而是逐渐变化的呈现。这种创作方法一般的作家做不到吧！

紫式部如此周密地构思创作，这种创作方式对熟悉欧洲小说的人来说，乍一看也许会觉得不可思议。不过，试着倒过头来再读一遍，就会清楚地明白它作为一部严谨的小说完全成立。“宇治十帖”则完全是用欧洲式的写法。考虑到这些因素，在世界上最先想到以这种欧洲式写法进行创作的，说不定就是紫式部。

而后《源氏物语》里面出现了和歌，女官们也相互唱和吟诵。这是从《万叶集》开始出现的短诗，《源氏物语》将这种吟和短诗的传统恰当地嵌入作品中。若问诗的水平如何？其实我也在悄悄地写诗。可是说到自己创作的资质，其实我更感兴趣的是人与人之间的关系。所谓的诗，自己看到的对方，这个对方无论是自然，还是邻人都无关紧要。总而言之，描写自己亲眼看到的、自己相信的一切。但是，小说的情况又有不同，当你在观察一个人时，他也同时被其他的人所关注，而且，这位其他的人还会被别的地方的另外的某人观察着。小说就是以这种形式由这种多元的视角相互影响而成的。诗，极端地说，如果描写自然，就把自然这个对象用单一的视角、凝聚的语言表达出来。所以说松尾芭蕉的诗句是非常出色的。现在我在拜读松尾芭蕉的诗句。松尾芭蕉或许是日本人中最先恰当地区别运用汉字、平假名、片假名三种表现方法，创造出巧妙地吟诵自然的诗作的人。

一边想着这样的问题，一边想着《源氏物语》为什么和欧洲的小说不一样呢？我想依然可以说是因为自然不同。和俄罗斯等国相比，日本的自然完全不同。我在信浓的追分有一栋小小的别墅，在那附近走一走，会注意到随着季节的变化景色也在发生变化。面前会突然出现小溪，猛然间会感觉到浅间山像要飞上天一样靠近自己。这样的景致在欧洲很少，特别是俄罗斯就更少。我认为也许是这种自然的差异，在很长一段时间里改变着小说的构思。

沼野：那么我想也许有听众要提问，我就先说到这里吧。在结束前请允许我再说一句话。关于《源氏物语》的构造，我认为加贺先生的观点和认识，是非常难得的见解。加贺先生认为《源氏物语》不只是男女间嘘寒问暖的恋爱故事的各种手法的重复翻版，而是可以解读在这种背景下的政治因素，以及宫中的人际关系等，这一切的背后有着作者深思熟虑的构思。我听了后认为《源氏物语》是这样的，而以此来评价加贺先生自己的小说则更加贴切。

我为什么这样说，因为拜读《云之都》时，也发现了精心描写的小说背后的历史、社会事件。从以争取学术自由和自治为目的的东大人人社团事件①开始，到二战后的虚无颓废派引起的有名的麦加杀人事件②，以及 20 世纪 60 年代至 70 年代大学纷争

---

① 东大人人社团事件，1952 年 2 月 20 日日本东京大学学生社团“人人剧团”成员在发表要求学术自由与自治的演说时遭便衣警察殴打的暴力事件。——编者注

② 麦加杀人事件，1953 年 7 月，日本东京发生的一起凶杀案。凶手原为证券公司职员，却因生活奢靡、精神虚无而走上犯罪道路。因被害者尸体的血水渗到案发地楼下名为“麦加”的酒吧，故称麦加杀人事件。——编者注

事件，以及三岛由纪夫的切腹事件①、浅间山庄事件②。1995 年的阪神—淡路大地震，进入到 21 世纪后的“9・11”恐怖事件。这些内容竟能全部出现在同一部小说中，而且是一部自传体的小说，这非同一般。我在听加贺先生讲解《源氏物语》的同时，重新回顾了加贺先生的小说。

这次有幸听到了加贺先生非常宝贵的演讲。那么各位最后有什么问题的话，请提问。

最饥饿的时期，曾经是阅读小说的好时代

提问者 A：我对现今的日本，处于一种什么样的精神状态这个问题很感兴趣。我感觉现在正处于精神的危机，所以提出这个问题。

沼野：这也是我想提的问题。2011 年 3 月 11 日的地震、海啸，那之前 1995 年的阪神—淡路大地震时，加贺先生参与组织了各种救助活动。对同年发生的地铁沙林事件也有深刻的认识，并很认真地写入小说中。经历过这些最近发生的大事件，现在的日本变成了怎样的一种状况？您对这个时代如果有什么思考和寄语，请一定不吝赐教。

---

① 三岛由纪夫的切腹事件，1970 年 11 月 25 日，日本作家三岛由纪夫与由其建立的民兵组织“楯之会”成员，劫持日本陆上自卫队官员，并发表政变演说，失败后三岛由纪夫切腹自杀。——编者注

② 浅间山庄事件，1972 年 2 月 19 日至 2 月 28 日，日本极左恐怖组织在长野县轻井泽浅间山庄实施的绑架事件。——编者注

加贺：我是在战争中上的小学，之后在陆军少年学校这样的地方也上过学。出生时发生了“九一八”事变，小学二年级时爆发了中日战争，小学六年级时爆发了太平洋战争。然后我上陆军少年学校三年级，也就是十六岁时，战争结束了。总之，从出生到十六岁好像被战争追赶着，自己认为那是非同寻常的时代，同时是让人无法忘记战后的贫困和饥饿的时代。我现在还清楚地记得 1945 年冬天的饥饿，没有任何食物。那时候虽说是配给制，实际上是骗人的，政府只供给非常少的食物。既不卖给我们，也不分给我们。就是那样的时代，那种情况下，食物本身就非常少，比如父母带回家半个地瓜什么的，一家六口人，全家人要分着吃。父亲、母亲，还有弟兄四人。

有四个十六岁以下的男孩，如果说没有食物会怎样，直截了当地说就是如同地狱一般。正处在没有食物吃马上就会饿肚子的年龄，却完全没有食物！没有办法，母亲只能卖掉自己的和服去买粮食，于是警察就会出现，会问：是在黑市买的粮食吧？会被说教：吃政府配给的粮食就不会饿死！于是好不容易买的粮食也会被没收。母亲则哭着回家。那时候的饥饿状态真的让人很悲惨。

回想起那段经历，在我的记忆中，相较于战时，战后给我的感觉更痛苦。为了减轻饥饿感而喝一肚子水，然后把皮带勒得很紧，然后去读书。可是肚子很快就会瘪下去……那时我好几次都患了痢疾，不断地瘦下去，所以当时更要多读有趣的书，目的是借此来忘掉饥饿。

所以，在感受到时代变化的同时，遨游在幻想的世界里，这不正是文学非常重要的作用吗？可以说这是我十六岁时的觉悟！

沼野：刚才您讲在坐电车上学时一直是读小说的，那可以说是您的读书体验。现在观察一下乘电车的年轻人，大多热衷于智能手机、平板电脑或者是游戏，基本看不到打开书阅读的人了。我和加贺先生比，年龄应该是小很多。中学和高中也是乘电车上学，虽然只有大概十五分钟的时间，但为了珍惜那片刻的闲暇时间，我在电车上一直都在读书。那时候有一件事情让我一直忘不了。有一次，在电车中读岩波文库版的森鸥外翻译的《即兴诗人》，有个我并不认识的中年大叔对我说：“了不起呀，在电车中读书！”以前电车里都设有图书室，现在的日本，电车中读书的人正在逐渐消失，这真让人感到很遗憾。今天的座谈是致力于振兴读书活动的出版文化产业振兴财团组织策划的。当今的时代，读书有多重要？最后，我们非常荣幸地有请加贺先生对此发表寄语。

加贺：说到读书这件事，就会说到大脑的细胞，前额叶附近的细胞是脑细胞的中心。如果读书的话，就会刺激这一带（大脑的前方和两侧）的细胞。经常认真读书的人患痴呆症比例非常低。所以如果上了年纪的话，经常认真读书会很有益处。总之，经常用脑会有益。当然，身体也是动起来更好。而如果说要不间断地用脑的话，读书是非常有效的方法。

患痴呆症的人中，不喜欢读书的人居多。现在我仍然作为精神科的医生每两周出诊一次。现在我八十四岁了，五十年来一直在同一家医院工作。这些年有几个患者是我一直关注问诊的。患者中得痴呆症的比较多。我对听他们说话，观察他们的变化等非常感兴趣。从医学角度讲也非常重要。所以把这些事情认真地记述下来，自己也注意不要患上痴呆症。

作为一名医生，从科学的角度讲，所谓的读书，是避免患痴呆症的一项有效的运动。我现在和以前医学部的同学，研究老年疾病的名医一起在写一本题为《日本人的老年和死》的书。他认为日本人的平均寿命，女性不久会达到九十岁，男性会达到八十五岁。可是，在下一个阶段会发生什么呢？在到达一百岁还有十到十五年的期间，女性有一半以上，男性有近百分之八十患痴呆症。这源于统计数据，是事实。那么为了避免患痴呆症，应该做些什么好呢？我也在思考这个问题。有人在研究治疗阿尔茨海默病的药物，也有人在做临床试验，我想现在最重要的是读书。读书，可以说是大脑的体操。人们也许因为做体操而脚痛，但仍可以正常地行走，同样的情况对大脑也是一样的。不读小说也没关系，如果是长篇小说，必须通俗易读。而作家们则必须下功夫创作引人入胜的小说。所以，还是请大家阅读长篇小说。

沼野：所谓读书，是心灵的体操，不仅对高龄者的痴呆症有益，对年轻人的身心成长也是必要的。总之，读书对所有年龄段的人们都是重要且必要的体操。这是我的见解！今天的座谈到这里先告一段落。

感谢大家的参与！

第二章 诗的翻译有可能吗

——谷川俊太郎、田原、沼野充义的对谈

以中国的视角解读谷川俊太郎的诗

谷川俊太郎

1931 年出生于东京都。是活跃在诗歌、翻译、绘本、电影、戏剧等多领域的日本当代著名诗人。主要诗集有《二十亿光年的孤独》（1952 年）、《62 首十四行诗》（1953 年）、《落首九十九》（1964 年）、《夜半我曾想在厨房和你搭话》《定义》（均为 1975 年）、《可乐、课程》（1980 年）、《童谣》正本和续本（1981 年、1982 年）、《忧郁顺流而下》（1988 年）、《不谙世故》（1993 年）、《旅行》（1995 年）、《我》（2007 年）、《谷川俊太郎自选诗集》（2013 年），等等。

田原

1965 年出生于中国河南省。诗人、翻译家。现任城西国际大学客座教授。作为谷川俊太郎的研究者被广为关注，将大量谷川诗歌译介至中国。除了母语汉语之外也用日语创作诗歌，2004 年发行第一本日文诗集《岸的诞生》（思潮社），2009 年出版第二本诗集《石头的记忆》（思潮社）、获得日本第六十届“H 氏诗人大奖”。除了谷川作品之外，还翻译了田村隆一、辻井乔、北园克卫、白石嘉寿子、高桥睦郎等诗人的作品。翻译的中文诗集获得 2011 年北京大学主办的第三届“中坤国际诗歌奖”。

简直像遇到了外星人

沼野：今天我们邀请了谷川俊太郎先生和田原先生，想请二位就诗和诗的翻译为主要话题谈谈高见。

正如大家所知道的，谷川先生具有六十多年诗歌创作的经历了，著作多不胜数，一时竟不知从哪儿谈起才好了。田原先生从中国来到日本留学，得遇谷川先生。2003 年在立命馆大学写了研究谷川先生的博士论文（后经过改版发行《谷川俊太郎论》，岩波书店，2010 年），至今仍在致力于向中国介绍谷川先生诗作这项重大的工作。所以，先请田原先生谈谈谷川先生诗歌的魅力和翻译过程中所遇到的困难，作为今天话题的切入点。

田：我是田原。各位好。我是个农村人，来到这种地方就紧张。嗯……我研究谷川先生的作品已经有十七八年了，可能与其说邂逅了诗人，不如说遭遇了外星人更合适。最初，在奈良的天理大学日本语学科学习日语的时候，一个偶然的机会，我的中文诗被翻译成英文，在英国剑桥华人世界出版有限公司出版。我把其中一本送给了天理大学的一位日语教师。那位教师在大学的教授会议上向教师们介绍了我的那本书。不久，大学校长说“留学生写的书不是在自己国家而是在别的国家被翻译出版，这实在了不起”。于是大学为我主办了出版庆祝会。在这个庆祝会上，我认识了莎士比亚的研究者——天理大学的小林孝信先生。他朗读了我那被译成英文的诗，说“这个很有趣，能不能请你在我的课堂上聊一聊啊”。当时我的日语水平连自我介绍都说不好，所以回答说“不行，我不行啊”。小林孝信先生说“在你能说的日语范围内就可以”。于是，我被邀请去了小林先生的课堂。小林先生为我准备了双面印刷的资料。其中一面是我的作品的英译文，另一面是谷川先生的 20 世纪五六十年代的作品。但是，我在那次课堂上还没有余力去读谷川先生的诗。之所以这么说，是因为那时候的我，只是拼命在考虑下面用哪个单词，日语助词“て”“に”“を”“は”怎么用才能使语言通顺一些，等等。这样，课程结束后，我拿着资料回到当时居住的天理大学的北宿舍，借着日中词典试着把谷川先生的诗作翻译成了中国语。于是就这样很偶然地我与至今为止没有接触过的作品相遇了，当时我兴奋地在自己的房间里一个人叫着：“这诗太好了！”

来日本之前，我完全不知道日本有像他这样的诗人。因此，第二天我便拜访了小林先生的研究室，指着手里的资料说：“这是个很好的诗人啊。”小林先生说：“你说什么呢！这是日本最好的诗人啊。”他从书架上取下厚厚的《文艺年鉴》，告诉我谷川先生的住址，建议我说“把你的英文版的诗集给谷川先生邮去吧”。于是，我将英文版的诗集和用蹩脚的日语写的短信一起邮了出去。我真是没想到会收到回信。大概过了一周时间，先是收到了谷川先生手写的明信片，然后收到了装有五册诗集的包裹。那之后我进入了大阪外国语大学攻读硕士课程。从那个时候起，我真正开始研读谷川先生的诗，并同时开始了翻译。

我感觉像是遇到了来自神灵的无言的指示一样，我和谷川先生的诗相遇了。没来日本之前，我和很多中国诗人学者一样，对日本的现代诗几乎没有什么正确的认识。当时的中国，不仅经济上落伍了，对世界的现状认识信息也不足，包括我在内大家都认为日本没什么太好的现代诗人。

诗歌与小说或是随笔不同，我一直认为从某种意义上说，诗歌代表了一个民族精神的风骨。不论经济多发达，如果缺少了有风骨的诗人，那么这个民族精神的水准不是令人怀疑吗？

回溯把日本现代诗翻译成中文、介绍到中国的历史，最早开始着手翻译的是鲁迅的弟弟，即作家、文学批评家周作人。他最初翻译的是石川啄木的两篇现代诗作，大概应该是1920年7月2日用“仲密”这个笔名发表在《晨报》的“文化版”上。我曾经读过研究论文，提到这个报纸当时在北京非常受欢迎，特别是“文化版”在知识分子中很有影响力。周作人在20世纪50年代翻译了《石川啄木诗歌集》（包含短歌）以后，很长一段时间就几乎没有日本现代诗的翻译作品在中国出现了。所以，至少到20世纪70年代末，在中国，石川啄木是作为和歌作家，同时作为日本有代表性的现代诗人而存在的。之后进入20世纪80年代，有两册大冈信诗集的译本，一时成为话题。那时候正是反对朦胧诗的所谓的“第三代”诗人们非常活跃的时期，基本上是中国现代诗的黄金期。在那样重要的时期，大冈信的诗被出版了，也逐渐加深了人们对日本现代诗的认识。遗憾的是很多中国诗人对日本现代诗没有多大的兴趣。那时我想把自己翻译的谷川先生的诗发给中国的杂志登载，就寄给了位于北京的中国社会科学院外国文学研究所的《世界文学》这本杂志。

当时中国的诗人和作家了解外国文学的窗口主要有两个：一个是杂志《世界文学》，另一个是归属于上海译文出版社的杂志《外国文艺》。其他还有南京的译林出版社办的《译林》这本大杂志。但它是以通俗的、流行的东西为主要对象。刚才说的那两本杂志如果能介绍的话，会具有很大的影响力。中国很多的诗人、作家基本上都是通过这两本杂志了解外国文学的。读了我的译作后，《世界文学》编辑部的编辑，非常高兴地决定出版《谷川俊太郎诗集》。诗集收录谷川先生的诗三十六篇，还有随笔。这是谷川先生的作品初次进入中国大陆。

杂志出版以后，坦率地说，我根本没有料到，很快就有百十多种杂志做了转载。杂志的名字因为涉及著作权的问题，这里就不一一说了。当时的中国，只要认为是好东西就随意转载，不通知作家本人也是很平常的事。那时我收到过一位诗人的电子邮件，上面写道：在飞机上读的杂志里转载了谷川先生的诗。这个杂志就是发行量超过七百五十万册的《读者》杂志。很多知识分子家庭会购买这个杂志，也是年轻人广泛阅读的杂志。是登载一些诗、短的随笔等各种美文的杂志，类似于美国的 *Reader's Digest*。知道了被转载后我很开心，我记得那之后这个杂志又转载了七八次。

与此不同的是，北京有一本国家级的纯文学杂志《人民文学》也转载了。那之前《人民文学》是只登载中国人作品的，是以中国的作家、诗人为对象的杂志。由于当时的主编是谷川诗歌的爱好者，所以打破了常规，第一次登载了外国人的作品。就这样，谷川先生的作品由于杂志的登载、转载而广被人所知，出版社表达了出版先生诗集的意愿。我今天也带来了一册，这是中国语版谷川俊太郎诗选集的第六册，书名是《小鸟在天空消失的日子——谷川俊太郎诗选集》（湖南文艺出版社，2013 年）。正好，很巧，上个月一个大型的网络公司在北京主办了 2013 年度全国出版的十五六万册图书中由读者投票评选出百册优秀图书的活动。这本诗集被选为百册之一。日本作家中还有一位是夏目漱石，他的随笔集也入选了。这百册优秀图书不仅仅是文学，也包含有文化人类学、经济学方面的图书。

沼野：谢谢。作为开场白，翔实地讲述了和谷川先生的相识。在这里，有请谷川先生自我介绍并谈谈最近出版的《我》（思潮社，2007 年）这本诗集。诗集的开头语谈到了写实主义，我们不明白写实到什么程度。请您朗读一下题名也叫《自我介绍》的那首诗。这首诗也被田原先生翻译成了中文，在谷川先生朗读大作之后，也请田原先生朗读一下中文版。

诗及其翻译

谷川：我是在中国也有了名气的谷川，下面做一个不太合适的自我介绍。

（开始朗读）

自我介绍

私は背の低い禿頭の老人です
もう半世紀以上のあいだ

名詞や動詞や助詞や形容詞や疑問符など
言葉どもに揉まれながら暮らしてきましたから
どちらかと言うと無言を好みます

私は工具類が嫌いではありません
また樹木が灌木も含めて大好きですが
それらの名称を覚えるのは苦手です
私は過去の日付にあまり関心がなく
権威というものに反感をもっています

斜視で乱視で老眼です
家には仏壇も神棚もありません
室内に直結の巨大な郵便受けがあります
私にとって睡眠は快楽の一種です
夢は見ても目覚めたときには忘れています

ここに述べていることはすべて事実ですが
こうして言葉にしてしまうとどこか嘘くさい
別居の子ども二人孫四人犬猫は飼っていません
夏はほとんどTシャツで過ごします
私の書く言葉には値段がつくことがあります

（会场响起掌声）

沼野：那么这首诗翻译成中文是什么感觉呢？我们请田原先生为我们朗读吧。这首翻译成中文的诗收录在最近出版的、评价非常高的这本诗集里。

（用中文朗读《自我介绍》）

自我介绍

我是一位矮个子的秃老头
在半个多世纪之间
与名词、动词、助词、形容词和问号等
一起磨炼语言生活到了今天
说起来我还是喜欢沉默

我不讨厌各种工具
也很喜欢树木和灌木丛
可我不善于记住它们的名称
我对过去的日子不感兴趣
对权威抱有反感

我有着既斜视又乱视的老花眼
家里虽没摆有佛龛和神坛
却有直通室内的巨大信箱
对我来说，睡眠是一种快乐
即使做梦了醒来时也全会忘光

写在这里的虽然都是事实
但这样写出来总觉得像在撒谎
我有两个分开居住的孩子和四个孙子但没养猫狗
夏天几乎都穿着 T 恤度过
我创作的语言有时也会标上价格①

（田原/译）

（读罢，会场响起掌声）

沼野：怎么样？我问的是听到自己的诗用汉语朗读出来的感觉。

谷川：我在想助词“て”“に”“を”“は”都去了哪里呢？只剩下了汉字，有一点担心，我问过田原，他说这些都完整地包含在汉字里了。

沼野：诗被翻译成不同的语言，就不由自主地会不安，究竟能理解到什么程度？翻译得怎么样呢？田原先生认为把日文诗翻译成中文的难度在哪里呢？

田：拿日语的现代诗为例来说吧，很多诗是省略主语的，翻译时就比较难，不太好弄清楚哪个是修饰哪个的，仍然是暧昧性的表

---

① 译文引自谷川俊太郎著、田原译《三万年前的星空》，江苏凤凰文艺出版社 2018 年 11 月版。——编者注

现习惯吧。容我多说一句，就是说有时候随意破坏语法习惯的一句，或者随意创造的一个连诗人自己都很模糊的单词。我一直在说的谷川先生的作品最难的是《语言、游乐的歌》这个作品系列。日语中通常有百分之六十几是汉字，但先生完全没有使用汉字，换个说法，这就是违反语言规则，较好地发挥了日语里语汇的多义性。我读的时候，有时真的会头脑混乱。

谷川：不过“かっぱかっぱらった”（河童乘隙速行窃）（《语言、游乐的歌》收录，福音馆书店，1973 年）不也翻译了吗？

田：翻译是翻译了，但是花了一年半多的时间啊。我想推荐到中国去，必须能展现谷川俊太郎这位诗人的全貌吧，从《语言、游乐的歌》中选出了几首诗进行了翻译，结果很惨啊。费了好大的劲。

谷川：啊，对不起了。

沼野：今天我带来了田原先生写的《谷川俊太郎论》。这里面详细叙述了翻译论，可以看出在翻译这类语言游戏时，真的是花费了很多时间。

里面写道“日本诗歌的中文译介，可以总结出以下几个特点”，田原先生的观点归纳一下，全部共列举了七点。因为太多在这里就不能全部介绍了，谈到以往中国翻译的日本诗歌的不足或者说容易产生的缺点，比如第六点“栩栩如生的充满生命感的文字也被翻译成了僵硬的木乃伊，失去了血、肉、灵魂”；还有第七点“不能表现出诗人的优秀品质和诗歌精神”。写出了如此评论的田原先生翻译的谷川先生的诗应该不会这样吧。应该是能很好地展现丰满的诗人风貌的翻译吧。

田：没有，在谈我的翻译如何之前，我想的是为什么这之前日本的现代诗人不被中国的青年诗人所关注。这里当然有译者和作品的原因，同时，被翻译的诗人也应该有点原因吧。我们在考虑翻译这个媒介时，特别是关于日本现代文学的翻译，应该想到中日两国之间很长一段时间存在着难以解决的历史问题。所以有很长一段时间，中国没有这方面的介绍，这也是实情。

例如，20 世纪五六十年代，关于日本作家的介绍、翻译少得基本可以说是空白。只有一个有趣的例外。那就是当时被视作军国主义作家作品而作为反面教材翻译过去的三岛由纪夫作品。虽然是被作为反面教材而翻译的，但很短的时间内就被中国作家所喜爱。那之后，一直到 20 世纪 80 年代实行改革开放，才开始大量翻译日本战前战后文学和现代文学。现在日本出版的小说已经有相当多被翻译成中文了。谷川先生作品问世正是在这一热潮之中，我记得第一次出版诗集是在 2002 年。

沼野：不仅仅是语言游戏，从各种意义上说，诗歌的翻译真的是很难的事。不过，刚才谈到了《语言、游乐的歌》里面收录的《河童》这首诗，谷川先生创作了很多语言游戏的诗，田原先生的书里也收录了《河童》日文版原作和中国语译文。这个很有趣，可以请谷川先生朗读吗？

谷川

（朗读）

かっぱ

かっぱかっぱらった

かっぱらっぱかっぱらった

とってちってた

かっぱなっぱかった

かっぱなっぱいっぱかった

かってきってくった

（会场响起笑声和掌声）

田：翻译这首诗时，我很想把原作的韵律感融入到自己的母语中。可是，怎么都没有办法。不仅仅是这首诗，我想所有的现代诗都包括在内，想用自己的母语翻译出原诗的韵律感都是非常困难的。所以，我总是在想，不只局限于这首诗，我们翻译的时候，发挥自己最大的能力，如果能把原诗作者所创造的感性的氛围，植入到自己的母语中，那是最好的了。《河童》从某种意义上说，在翻译时遭遇了语义和韵律的双重难题。所以，花费了一年半以上的时间。有一次突然冒出来一句很合适的词语，由此引导成就了令我满意的译作。

（用汉语朗读）

《河童》

田原／译

河童乘隙速行窃　　ka ppa ka ppa ra tta
偷走河童的喇叭　　ka ppa ra ppa ka ppa ra tta
吹着喇叭嘀嗒嗒　　to tte ti tte ta

河童买回青菜叶　　ka ppa na ppa ka ta
河童只买了一把　　ka ppa na ppa i ppa ka tta
买回切切全吃下　　ka tta ki tte ku tta

（读毕，会场响起掌声）

谷川： ka ppa（ハアートン）就是河童吧？

田： 是的。

谷川： 中国有河童吗？

田： 传说中有。

谷川： 不，不是传说中，我是问："河童真实存在吗？"

田：不，当然只存在于传说中。和日本一样的。不过，给人的印象和日本不同。在古代有“水虎”或者叫“河伯”，身长六十厘米，很瘦，看上去像是三岁到十岁的孩童。像人也像猿，有很多种。

谷川：头上有蓄水盘吗？

田：没有。那个没有。头上有蓄水盘的是我来日本之后知道的。最初，在日本看到河童的图时我很吃惊。给人很可怕的感觉。

谷川：是啊，是很可怕啊。

田：中国的河童很可爱也有点可怕，给人这两种印象。记忆中孩提时代，我曾想和河童成为朋友。

谷川：也是住在池子里吗？

田：是的，住在水池或者河里面。太阳落山后孩子们就会邀它到水面上……小时候我奶奶常跟我说。

谷川：不对孩子们做坏事吗？

田：好像只是一起玩。但是，中国很大，可能会因为地域不同而有所不同。在某些地区也听说它会把孩子们叫到河或者水池里面溺死。

沼野：关于诗歌比较难翻译的地方，这就突然出现了与趣味性相合的实例。谷川先生自己也在做翻译，不仅翻译诗，开始时是“漫画史努比”，后来翻译了很多作品。我想诗的翻译和其他的翻译完全不同吧。

谷川：因为没自信，所以不敢翻译诗。也就像《花生》① 的台词那样的，英语接近于日常会话，问了一下懂行的美国人，说经我翻译后日语也是通的。由此我感觉到了诗的语言和散文的语言层次完全不同。有一位翻译我诗歌的先生，名叫艾略特，是美国人。有一次，我把他的诗歌翻译成日文，当时是情况所迫。但是那时我内心有一种羞怯之感。果然如此，如果没有至少数年的当地生活经验的话，语言的内涵、言外寓意是不可能明白的。

谷川诗歌之所以在中国受欢迎

沼野：因此诗的翻译很难做啊，田原先生在翻译谷川诗歌过程中一直抽丝剥茧般地坚持下来了。刚才也许也谈到了在中国谷川的诗逐渐被接受，那么，在中国谷川诗歌的推介方法和反响有什么特点呢？

---

① 《花生》，美国报纸连载的漫画，以小狗“史努比”和数名小学生为主要角色，即上文提到的“漫画史努比”。——编者注

田：其一，作为现代诗，正如瓦雷里强调的那样，诗歌的纯粹性和表现的新鲜感很重要。至今为止，中国的现代诗人中还没有像谷川先生那样的诗人。作品译成中文的外国诗人也没有。谷川俊太郎先生的诗也不太包含中国读者所寻求的社会性，即使如此仍然被很多中国读者接受了。

谷川：最初被中国读者接受的只有《小鸟在天空消失的日子》（《小鸟在天空消失的日子》收录，三丽鸥出版，1990 年）和《死去的男人遗留下的东西》（谷川俊太郎作词、武满彻作曲的反战歌。1965 年为“祈愿越南和平的市民集会”创作）两首，这两首很受欢迎。

田：是啊。但是之后由于社会体制变化，具有很强隐喻性的作品也被人们接受了。诗集很多时候是诗人们在阅读吧。谷川先生的读者群不仅仅是专业诗人，一般社会人、家庭主妇、高中学生和大学生、学者、编辑等，不同领域的人同时会喜欢，谷川先生就是这样的诗人。

在中国约一百多年的现代诗的历史中，有几位被广为热爱的诗人。艾青就是其中之一。但是，我想那是因为有着特殊的时代背景，所以我说只是一段时间内流传也不过分。另外应该说，还有浅薄的浪漫主义者郭沫若。他写的诗歌作品质感上没有达到世界文学的水平，而且至今作为诗人的他几乎被忘记了。改革开放后出现的朦胧诗人北岛是那个时代确确实实被广泛热爱、传诵的诗人，他给同时代和后人带来了很大的影响。1989 年卧轨自杀的二十五岁的海子的几首诗也被广为流传。我觉得北岛先生的作品和谷川先生的作品是不是有精神上的联系呢？

谷川：说得再清楚点不是更好吗？

田：啊，没有空想的或者空洞化的语言，让人感受到诗人的生活感或者是生存体验。是不是可以认为先生诗歌就是在丰富的想象力之下，由与生活密切相关的巧妙的日语构筑的语言集成。

谷川：不，也不是那样吧。我也有为了赚生活费争取更多读者的时候啊。

田：不，那个不能说是在中国受欢迎的理由……

沼野：日本经常有人说诗人仅仅靠写诗是很难生存下去的。在日本仅仅靠写诗就能生存的恐怕只有，不，也许是世界上也仅仅只有谷川先生能做到吧。

谷川：我也没有只靠诗歌创作生活。翻译什么的，别的很多形式的工作也在做的。

诗人与“生活”

沼野：话题转到了意想不到的方向，就此回归正轨吧。

谷川先生的诗无论在日本还是在中国都被广为阅读，我认为可以称之为日本的国民诗人。但是，谷川先生确确实实长期从事诗歌创作，创作风格也随着年龄的变化而变化，不仅涉及很多方面，而且，有时会根据发表媒体的种类和读者的层次不同而有区别地创作。所以，我真不知道从哪里引导大家好了。幸好有四元康佑先生这样出类拔萃的优秀诗人写了《谷川俊太郎学·语言与沉默》（思潮社，2012年）这本书。这是一本非常有趣的书，书中配了很多图，首先看到的是“谷川俊太郎诗集引图”。这里画着六个互不重叠的圆，分别标注着“现代诗系”“儿童诗”“荒诞系”“生活诗系”“电影相关”，还有和其他领域的人共同合作的部分——“共同打造/合作作品”。认真思考的话，也许这是很牵强的分类。比如：谷川先生是否有适合归纳为“生活诗系”这类的诗歌呢？

谷川：我是通过媒体开展工作的，类似的倒也不能说没有。开始写诗时完全没想过发表。因为最初发表的诗是在商业性的杂志《文学界》上，所以那之后逐渐可以通过媒体拿到些收入了。从获取收益那时起，作为诗人的我产生了那种相较于专业的读者，更多的一般读者更重要的想法。大概那时候《现代诗笔记》这样专业的诗歌杂志给我发出了邀请，同时，妇女杂志也发来了约稿。像《妇女自身》等杂志差不多从创刊初期开始我就一直在投稿，也经常收到大型报刊编辑的约稿。我想我应该是最早意识到合作的媒体不同而区别创作的诗人吧。所以，意识到读者对象是孩子们时就写了儿童诗。写什么样的诗自己完全没有思考其结果，全部是“看人下菜”啊。

沼野：作为诗人，这在日本是非常稀有的创作方法和生存之道。

谷川：是啊。

沼野：从某种意义上讲也是很幸福的啊。

谷川：嗯，我想我是运气很好吧。

沼野：不用向某些人低头拜托别人发表自己的作品真是件幸福的事啊。因为向人兜售自己那类的事实在是和诗人不搭呀。

谷川：是啊。诗人一般是比较腼腆，不愿意把自己的诗作和金钱联系到一起。所以，几乎没有诗人能把“稿酬多少”问出口，我也问不出口，田先生呢？

田：我也不行啊。说起诗人，像李白、杜甫那个时候，辞掉官职作为类似自由职业者浪迹天涯自由地追求诗歌。那种形态是和时代相符合的。去哪里都能得到尊敬，能得到饭食、零用钱或者马匹，不会挨饿。

谷川：日本也是如此吧。

田：松尾芭蕉也是这样啊。

谷川：他是以前的人啊。现在的诗人……

田：从某种意义上说，现代诗人也可能做到如此吧。实际上，我的朋友中有一位这样的诗人。没有职业，当然也没有收入，不过也能生活下去。我只是偶尔能见一面，感觉好像比有收入的诗人活得开心。

谷川：日本也许也有这样的诗人。即使现代没有，稍早一点时候有，像山之口貘先生等。

沼野：就那样浪迹天涯，像人们说的不食人间烟火的人，以前真有啊。可是，现在连“不食人间烟火”这个词都要成为死语了。诗歌类杂志也越来越少了。连《现代诗笔记》这本杂志也只能每年年末以《现代诗年鉴》为名出版一本厚厚的增页特刊号了。翻开看看，刊登的诗人的名字居然也多得数不清。他们中很多人都有着自己的工作，或者是工薪人员，或者做着其他工作同时从事着诗歌创作。

谷川先生的诗，这么多年实实在在被广为传读，所以刚才我说您是国民诗人。工作的领域也很广泛，比如《铁臂阿童木》的歌词也是谷川先生创作的。《铁臂阿童木》的片中歌曲，大家都知道吧，是科学的理想和善良的心灵逝去的美好时代的优秀歌曲。我有一段时间真想过它也许比《君之代》更适合做日本的国歌。原子弹爆炸之后，再不能说原子弹是好东西了，所以及时修正观念也是很有必要的。不管怎么说，普通人几乎没注意到这首歌的歌词是谷川先生创作的，到了这种程度，是不是可以说这首歌的歌词真正地被大家喜爱了呢？

谷川：是啊，就像都不知道创作《万叶集》的歌人一样吧。我想真的是无名氏吧。我向往的是无论作者如何，只要作品好就什么都好。不过，也希望这个等死了之后再评判。因为活着的时候会因此拿不到作品版权费。这样很矛盾啊。

沼野：中国有这样的诗人吗？诗歌这样受欢迎，这样被大家支持的人？

田：没有啊。如果说有，也就是李白了。不过那是一千三百年前的了。

“永远保持一颗童心，所以能写出好诗”

沼野：刚才开始一边听大家谈话，一边想着必须再说明一下。刚才谈到了中国现代诗中的朦胧诗，这是运用象征主义、难懂的隐喻手法的，是以前的现代诗中所没有的。

田：是的。北岛最初被诗坛认可，是通过上世纪 80 年代的《诗刊》杂志。这是国家级别的、归属于中国作家协会的诗歌专门类杂志。诗歌发表后，北岛很快就成了名人，作品也在上世纪 80 年代初期被广为传读。不过，被很多人阅读也只是那一时期。

所以，朦胧诗的诞生和兴盛是不能离开时代背景的。从另外一个意义上说，是时代造就了他们。在朦胧诗诞生时的中国，还没有真正意义上的现代诗。可以说是空白期。朦胧诗出现的时候，和当时的时代相脱离，终于创造出了真正的现代诗。

谷川：最初的北岛作品是难懂的现代诗风，还是普通人也能读懂的风格？

田：我觉得最初不是那么难懂的。

沼野：比较而言，口语特征鲜明。

田：是的。是隐喻特征很鲜明的作品群。对于北岛先生初期的作品，当时的评论家们经常用英雄主义、怀疑精神等评语。我想这是时代赋予的宿命吧。代表作有一首《回答》，写道“我不相信天是蓝的”“我不相信雷的回声”等类似呼喊的有力的语言，给当时的中国带来了很大的冲击力。

沼野：之所以说起北岛，是因为我喜欢他的诗。最近有个机会在波兰与他见面并交谈了一下。他也许不是谷川先生那样作品被国民广泛阅读的诗人，而是被文学爱好者和精英所热爱的诗人。

田：我非常赞同您的观点。正是诗人伙伴们、爱诗的人们读他的诗。还没有像谷川先生那样小孩子都喜欢读。北岛先生任教于香港中文大学，是讲座教授。他策划的“国际诗人在香港”的第一次活动邀请了谷川先生。于是，有一次在去会场的出租车上，坐在前排座位上的北岛突然回头对我说：“田先生，我们中国的诗人为什么写不出像谷川先生那样的、为了孩子们而写的诗呢?”我回答说：“中国的现代诗人已经失去了童心。谷川先生比我们年长但依然保持一颗童心，所以他能写出来。”第二天，北岛先生请我读他写给七岁儿子的一首儿童诗。我觉得那首诗对于孩子来讲有点难。

沼野：诗不是那么急就写得出来的东西啊。北岛先生是一位国际知名的诗人，常被提名诺贝尔文学奖的候选人，刚才谷川先生谈到诗人有生之年的作品评价问题，重拾了这个话题，如果不是活着的话，是不能得到诺贝尔文学奖的，也许大家都知道，那个奖是不给逝去的人的。所以，我期待谷川先生的诗被更多的国际上的人接受。中文翻译有田原先生在做了，其他也有包括英文在内的各种语言的翻译版本。谷川先生是否看过？我想有时翻译者会提出一些问题吧。

谷川：这个有时候有的。

沼野：您会和他们交往吗?

谷川：嗯，我明白翻译的过程中会出现各种问题，能回答的就全部回答。但是，完全不知道翻译后的诗会是什么样的。经常被别人问起“您认为怎么样”，而事实是我读不了，所以不知道是不是好诗。和田原先生实际见面是在 ……

田：1996 年在前桥举行的“世界诗人大会”的日本会场上。

谷川：一个年轻健壮的家伙在滔滔不绝地说着翻译成中文之类的话，感觉完全不可信啊。好还是不好，完全没感觉。所以，在中国畅销成了唯一的标准。卖得好就是翻译得好吧。

田：不仅卖得好，我翻译的作品还让谷川先生在中国得了两次奖。第一次是第二册诗集出版后不久，获得了“二十一世纪鼎钧双年文学奖”，这个奖的第一个得奖人是去年诺贝尔文学奖得主莫言先生，今年是备受国际关注的小说家阎连科。第二次获奖是去年（2011 年）获得了北京大学主办的“中坤国际诗歌奖”。

谷川：在国外获奖完全没有实感，蒙了。

沼野：其理由之一是因为日本不太报道吧，只有获诺贝尔文学奖才会异常热闹。文学价值的评价，世界不可能完全一致。比如，高度重视东亚文化圈的评价等，不过有各种各样的观点是好现象。所以，欧美的评价我们先不说，在中国，谷川诗和他的翻译作品获得了各种奖，得到了很高的评价。

说起来，谷川先生也经常参加外语诗的各种诗会活动，东欧、西欧、美国等世界各地都去了吧？在那些诗会上和诗人们交流感觉怎么样？很愉快吧？

谷川：语言仍然是最大的障碍。大家一般都说英语，但总是因为话题深入不下去而困扰。主办方也比较喜欢热闹盛大的节日般的场面，但是我希望给我们配个专人翻译。那样的话，我们在酒会上和外国的诗人们也能交流，被问到问题时也能回答。不过一般而言，没有得到过这种帮助。

沼野：主办方没太考虑吧。

谷川：不考虑的。为什么诗人给人的感觉就是喝着酒，拍着人的肩膀便寒暄的样子呢？不过，这种事也有它的意义。毕竟，诗人，全世界无论走到哪给人的印象都差不多吧，没有什么好也没有什么不好。

沼野：中国也有类似的诗会吧？有很多为中日文学交流提供的平台吧？

田：其实，几年前我和思潮社的工作人员一起创办了中日现代诗交流会，有很多日本人和中国人都参加了。所以也促成了今天的一些交流。我认为这些交流做得很深入。很多诗人和读者深有感触，一时成为话题。我觉得给日本也带来很大影响。之外，还有中国地方政府主办的“青海湖诗歌节”，这是一个每两年举办一次的、有一百多个国家的诗人参加的现代诗盛典。好像是在第二届“青海湖诗歌节”的时候，谷川先生的中文版诗集《谷川俊太郎诗选集》成为“青海湖诗歌奖”的最终候选作品，听说受到了评委会的极高评价。但是，谷川先生好像不太愿意接受这个奖。

谷川：我可没说过那么直接的话啊。我记得我说如果能弄得再夸大些……

沼野：刚才的《自我介绍》里面也有“对权威抱有反感”这样一句，这个姿态是一致的。我是初次见面，突然提出这样的问题也许不礼貌，谷川先生是很坚定地不接受任何奖项吗？

谷川：不，我接受民间活动给予我的奖项。

沼野：您是说讨厌官方给予的奖？

谷川：不想给国家增加负担添麻烦，反正税我是好好交的，其他就不想有什么瓜葛了，大概就是这类想法吧……还有，抱歉，诺贝尔文学奖也不想拿。田原先生靠不住啊，因为他好像挺想让我拿诺贝尔文学奖的。

沼野：诺贝尔文学奖不是官方的奖，可以吧？我和田原先生必须说服您啊 ……

谷川：如果是三十多岁时因为想要那一亿日元，也许就愿意拿了。现在还是算了。吃的话一天也就一顿饭，花不了几个钱。

沼野：我是从文学的国际交流这个角度考虑的。不过媒体常问我这类问题，比如“村上春树先生今年怎么样”等，被问及这样的问题，我又是必须回答的，自然有很多思考。很久以前我就一直认为，除去小说作家不谈，如果是谈诗歌候补人选的话，应该是没有比谷川先生更合适的人选了。当然，说真话，文学家和诗人的真正价值不是奖项可以衡量的。

谷川：我对村上春树先生所说的“于我而言读者就是奖励”这句话很有同感。

沼野：是啊。就这点而言，小说作家和诗人最应该引以为傲的难道不是能拥有自己的作品和拥有读者吗？写出优秀的作品是对诗人最高的奖赏。

谷川：不过，这个自己不太好判断啊。

沼野：是啊，刚才说外国虽然有盛大的诗会，却有语言的障碍，想要跨越语言的障碍而让全世界读者都读得懂，的确是太难了。

没有翻译便没有了历史

谷川：其实，也有策划得比较好的活动的。以前曾有过一次请了一些小众的诗人，让大家聚在一起用自己的母语做翻译的有趣活动，好像是在以色列还是哪里的。大家都特别开心。同一首诗变成各种语言，最后大家和声朗读。那种活动就很有意思。几乎给人一种“明天去郊游”或者去观光旅行的感觉。

沼野：诗人都喜欢这种活动啊，我曾去参加东欧的文学集会。那种情况下，“啊！那个人原来长这个样子啊”。我就算只是在活动上认个人也觉得很有趣。

谷川：山崎佳代子策划的活动，带大家去类似于儿童难民营的地方，大家在那里朗读自己创作的有趣的诗，那个活动也挺好。

沼野：山崎佳代子住在贝尔格莱德，也做塞尔维亚文学的翻译工作。她是一位出色的诗人。她是把谷川先生的诗翻译成塞尔维亚语的译者。我常常听山崎女士谈起谷川先生。

前天，在波兰的克拉科夫召开了纪念诗人切斯拉夫·米沃什的一个国际性的诗会盛典。用日本人的眼光看，像波兰那样小的一个国家，为了诗歌这样花费大笔的资金，实在是让人惊叹。从各个国家请来了一二百人的嘉宾。我见到了从柏林过来的四元康佑先生，我们在那里谈到了谷川先生的诗。而在日本，我认识了谷川诗歌的翻译者田原先生，发现田原先生对谷川诗歌的理解很深刻。

就这样，我从住在欧洲的日本人那里、住在日本的中国人那里了解到谷川先生诗歌的美好。这个人际交流的“环”逐渐地缩小，终于实现了今天的初次见面。我很开心。

首先，在跨越语言障碍的诗歌的交流中，翻译应该是难以克服的瓶颈吧？田原先生做中文翻译时感觉怎样？比如：日语发音和语法都同欧洲语言相去甚远，日文和中文虽然都使用汉字，但是和中文毕竟是完全不同的语言文字啊。要把用这种语言文字创作的诗歌的魅力翻译并传达过去，一定是相当困难的事情吧。也就是说，从真正意义上说，实现诗歌的翻译是可能的吗？经常听说诗歌在翻译过程中会缺失很多……

田：正如先生所言，关于翻译，大家都听说过“叛徒”、本雅明说“原创复制”理论，民国时期的学者严复说的“信、达、雅”，鲁迅说的“以信为主、以顺为辅”，双语作家林语堂说的“翻译是一种艺术”等种种说法。林语堂还提出了三个原则：一是忠于原文；二是文理通顺；三是美。英国学者西奥多·萨沃里在他的著作《翻译艺术》中表示翻译需要三个条件：一、对原文的理解力；二、对母语的运用能力；三、同情心、直觉、勤劳以及责任感。很多人都谈论过这个问题。翻译本身是一个历史久远的话题。如果要说有多久远，我们可以追溯到佛教经典从印度的文字翻译成中文的汉明帝时期，那是在中国的“东汉”，也就是日本称之为“后汉”的时期。现在算起的话应该是近两千年的历史。

沼野：最早是从梵文翻译的吧。

田： 翻译的梵文佛教经典。据说是印度的三个僧人和中国的三个僧人，用了两年多的时间共同翻译的。再向前追溯到西汉时期，张骞被汉武帝派遣出使西域，在匈奴人的聚居地生活了数十年，促进了丝绸之路文化。恐怕当时他们和西域各国的人们交流时也需要翻译吧。西域有很多小国家，他们使用的语言也不都是汉语吧，当时应该存在着很多不同民族的语言吧。想到这一点就可以断定当时是有口译、笔译存在的。日本有读解汉文的独特方法，这是哪个国家都不能模仿的，是日本人的创造。这也算是翻译吧。当然，汉字是通用的，也许正因如此才能成立吧。

明治维新前后的日本作家夏目漱石、森鸥外等人都是精通双语的。大家不一定都能说中国语，但是能写风雅的汉诗。中国文学研究者吉川幸次郎写的汉诗也特别棒，那个时代的日本人很多都精通双语，虽不能说汉语，但能写汉诗。这是任何国家都不可想象的现象吧。

有人问直译好不好，我在《谷川俊太郎论》一书中专门写了一篇文章，写了我关于翻译的想法。简单地说，我的观点就是必须避免僵硬思维方式下的翻译，即僵硬直接的、教条式的翻译。采用某种程度上比较柔和的对应方法也许更容易译出好作品。为什么呢？有时会用一些母语中不能置换的单词。比如，谷川先生的《水的轮回》这个作品中出现了一个单词“死水”，这个单词中文是不太使用的，日语中的“死水”是日本人的一个民间习俗，现在这个习俗基本没有被继承，我想这是一个接近于“死掉”的单词。中文的“死水”只有一个意思，就是“不流动的水”。在中国，“死水”这个习俗是不存在的。怎么翻译成中文比较好呢？这个有点难，我将其视作对译者提出的一个课题。例如，谷川先生常说“我是雨男”，我很喜欢“雨男”这个单词，这个词中文里面也没有。

还有，我有时给学生上课会谈起，比如“空港”，中文中，“空港”翻译成“机场”，但是，这个单词很平实，没有美感。完全同字面的意思，则是起停飞机的地方之意。“空港”的词义则表示是天空的港湾，这个单词很有品味且具有美感。中文中的“港”多指“海港”，指空中航路停靠点时仍然用“空港”，就会更契合吧。

像这样的例子有很多很多。所以，翻译的时候，遇到中文里没有的日文单词、有时虽然是同一个词但意思不同的单词这种情况怎么办？如果不掌握一定程度的灵活处理方式恐怕翻译时会受挫，我所主张的弹性处理不是无政府主义那样的无限制的弹性，而是在遵循一定翻译理论的框架内，保持一定的灵活度就显得很重要。

谷川先生的诗，语言通俗易懂，但实际翻译时特别难。为什么这样说呢？因为在简洁的语言中蕴含着复杂意义和深度内涵，还有敏锐的语感、快节奏诗句的意外转换，等等，在翻译变换成中文时特别让人头痛。不论是战前的日本还是战后的日本，还是在世界范围内，再没有像他这样具有敏锐感性和丰富语感的诗人了。少之又少！所以，我说谷川先生不是人，是外星人。

谷川：以前听说过这样的话，说日本诗人中原中也的诗翻译成中文后完全读不懂，听了这话后觉得特别有趣。

田：在“H氏诗人大奖”的颁奖仪式上发言时，我说过这样的话。是的，我到现在也不太明白。为什么中原中也诗歌的翻译工作没有坚持下去呢？我想了想，他的诗日本风格太浓了，也许可以说封闭性太强了。很久以前，我也翻译了二十多首中原中也的诗，现在还在我的电脑里“睡大觉”呢。经常有中国的杂志约译稿，可是，很难放心地交出去。不过，最近某出版社也在委托我翻译他的诗，刚开始时我拒绝了，可还是因为主编的执着精神而接受了委托。今后必须努力翻译了。

沼野：翻译成中文，是不是就成了普通的多愁善感的歌谣了呢？

田：不仅如此，也说不好是诗歌表达的情感，还是词语的组合，总是让人产生有点封闭的感觉。我在一篇文章中，对两位诗人做了比较，一位是加西亚·洛尔伽，另一位是中原中也。两位基本去世于同一时期，洛尔伽被暗杀，中原中也是病死的。洛尔伽死时是三十八岁，中原中也则是三十岁。两位诗人的诗的共同点是都具有很强的韵律节奏感。但是，相对于诗作被全世界读者热爱的洛尔伽，中原中也就让人感到有点遗憾，只有日本人喜爱。两位诗人已经去世七十多年了，如果中原中也的诗作具有普遍性特征的话，毫无疑问，现在应该被翻译成很多种语言，被其他国家的读者所喜爱。但是，他的外语译本只有两三种，几乎没有被人关注。我问了法语的译者，对方回答说读者觉得完全不行。后来又问了英语的译者，得到了同样的回答。

谷川：等一下，诗歌的翻译一般来说总有难处理的地方，严格地说，每一首都会因诗人或者诗的不同而存在着可翻译或不能翻译的地方吧。

诗与小说的区别——“现在・这里”

沼野：确实是这样。从译者的立场来说，有时会觉得某首诗能翻译，也有时虽深入研究原文，也明白其中的美，但是觉得无法用日语表达出来。我想两种情况都会有。

借着这个机会，我有问题想请教谷川先生。诗的翻译明显比较难，与之相比，都说小说的翻译对原义丢失的相对比较少。谷川先生交往的人士中，就小说和诗歌翻译的区别这个问题是怎么看的呢？刚才朗读的《自我介绍》这首诗收录在《我》这本诗集中。其中还有一首诗，题目是《维护诗歌兼及小说何以无聊》，写道：“果然还是诗好，与之相比，小说很苦恼，真的不行啊。”请就这几句话谈谈怎么样？

谷川：也不是就觉得小说不行，写诗时就写得有点夸张。主要是写不出来。因为写诗稍微出了点名，一定会有人劝说：“不写小说吗？”于是，很多诗人开始写小说。清冈卓行①先生啦、富冈

① 清冈卓行，日本诗人、小说作家。1922 年出生于中国大连，毕业于东京大学。代表作有诗集《冰凝的火焰》。——编者注

多惠子①等等，很多人呢。我呢，基本上是不愿意写字的人，所以手很笨，字写得不好，经常被母亲修改，当初写诗也是因为诗比较短，写起来轻松。不过，我渐渐明白不仅仅是字写得不好。这首诗里也写到“现在·这里”的主题。小学时有历史课，大家都背诵历史事件的年代，从那时候开始我就不擅长，到现在也不行。平安时代和镰仓时代哪个在先哪个在后，我不知道。我真的是活在现在、活在当下的人。加藤周一先生认为日本人感觉的特性就是“现在·这里”性，我看到这句话非常有同感。所以我非常清楚，一定要读懂历史。小说不是无论如何都要有故事吗？故事就是历史、就是经历。从这一点看，自己的生存和认知世界都有先天性的不足之处。所以，问题不是字能写多少，而是自己的构想故事的想象力不够。因为开始认识到这个问题，所以开始尝试着写“物语”的一种形式——散文诗那样的东西。虽然自己不擅长。

沼野：今天说的，我很理解。

这个问题想问田原先生，谷川先生说自己不擅长社会性、历史性的东西，所以，朝诗歌的方向努力。刚才我觉得不愧是田原先生啊。因为田原先生刚一针见血地直接说了谷川先生的诗缺少社会性。如果是我们这些人的话会更加和缓地说“也许没有啊”。这种说法的不同，我想用中国文学的价值观来看的话，可

---

① 富冈多惠子，日本诗人、小说作家。1935 年出生于日本大阪。20 世纪 50 年代开始发表作品，代表作有《物语的明天》《女友们》。——编者注

能很清晰地就凸显出来。田原先生在《谷川俊太郎论》一书中确实写着“持续性的现在”，这个“持续性的现在”是谷川先生诗歌的特征。那么是否可以断言谷川先生的诗是他舍弃历史性、社会性的情况下才得以确立？

田： 首先，我想就说话直接这件事聊几句。大家都认为中国人说话直接吧。这不是中国人说话直接，是我们的母语使然。汉语这种语言是讲究逻辑、推理的，相对而言，日本的语言是重情绪性的，这也是我一直坚持的观点，我认为日语是一种浪漫的语言。

下面我谈谈作品的问题，关于谷川先生作品的社会性，也不是完全没有，也有的。最初创作时，实际历史性的叙述作品，几乎没有，特别是《二十亿光年的孤独》。我认为他从上世纪 70 年代中期开始写叙述性的作品，具有某种程度的“物语”性质的作品。谷川先生的诗超越一般诗人的地方，其中之一是没有固定的写作方法，在创作过程中尝试着各种写作方法。这是很难模仿的。很多诗人从开始写诗到生命结束，只会一种写作方法。谷川先生运用了各种各样的创作方法，从某种意义上讲，他难道不是超越天才的天才吗？

比如：上世纪 70 年代出版的散文集《定义》。这也是我很喜欢的一本书。谷川先生创作《定义》这部作品集的动机是打破克服日语的暧昧性，大概是想尝试着矫正日语不能清晰表达意义的缺点吧，所以将词语的定义确定为创作目标，用了清楚无误地表达意义的创作方法。从另一个意义上讲，这是对日语这种语言的一个极有意义的尝试。继《定义》之后，他写的几篇长诗，体现了很强的“物语性”特征。虽然不是小说的形式，但可不可以说是诗歌形式的小说呢?

谷川：但是在诗歌创作上，诗歌作者的观点和小说作者完全不同，我有一位可被称作师父的先辈叫三好达治。我的观点得到了他的肯定。正月里我去拜访三好先生，听他谈话。那时，三好先生说，为写小说感到很羞愧。“女人的和服下摆撕裂开来，露出了黄色的贴身内衣”之类的我写不了。这句话给我留下了很深的印象。与小说这种品位低俗的东西相比，诗歌是很讲究品位的，这种想法深深印在了我脑子里。诗歌是把视线放在“上半身”就可以写出来的，小说如果不把视线放在“下半身”的话，写出来的东西就没有趣味。可以说有这种情况吧。所以即使写了有故事情节的诗歌，我也写不了男女之间微妙的心理状态，总觉得实际经历过的事情用语言表述出来能有什么趣味呢。

沼野：有没有社会性，与历史性的关联、私人的问题——谈到了很多有趣的课题啊。我虽然不敢说全部读过，却也是常年爱读谷川先生诗的人。我认为诗人在《我》这首诗中，实际生活的部分和想象中宇宙的部分时常交叉出现，有时历史性和社会性的内容也会呼之欲出。田原先生在本文开头敬仰地说“简直像遇到了外星人”。像这种寻求作品的私人性、日常性和宇宙性相互交织、交替出现的深层次感觉，也许就是谷川先生被称为外星人的缘由吧。先生年轻时写的《二十亿光年的孤独》这部作品真是让人印象鲜明的诗集，现在读起来，我也认为它是日本战后现代诗中最高杰作之一。谷川先生自出道以来，始终坚持“现在·这里”的理念，坚持诗歌创作至今。

在意义与意义之外共赏——朗读诗四首

沼野：以上所说，话题没有穷尽，在这里暂且结束，请大家再听听诗朗诵吧。我本人也在翻译诗歌。首先，请允许我给大家朗读我翻译的波兰和俄罗斯的诗各一首。其次，请田原先生朗读一首用日语创作的诗，最后，请谷川先生朗读自己的诗作为收尾。

那么，首先我来朗读两首。

第一首诗是波兰诗人维斯拉瓦·辛波斯卡（Wislawa Szymborska）的作品，这是位非常出色的女诗人。她的诗语言比较平实，寓意较深刻。我感觉也说不上哪里与谷川先生有相似的地方。

谷川：我也有同感。

沼野：我问过田原先生，辛波斯卡的诗集在中国也得到了很高的评价。那么，请让我朗读辛波斯卡的《可能性》。

（朗读）

可能性

私は映画のほうがいい
猫のほうがいい
ワルタ川の岸辺に生えるカシの木のほうがいい

ドストエフスキーよりディケンズのほうがいい
自分を愛する人類よりは
自分を愛する人たちのほうがいい
手元に針と糸を用意しておいたほうがいい
緑色のほうがいい
すべては理性のせいだなどと
言い張らないほうがいい
例外のほうがいい
早めに出かけるほうがいい
お医者さんとは何か別のことを話したほうがいい
細い線で描かれた古い挿絵のほうがいい
詩を書かないことの滑稽さよりも
詩を書くことの滑稽さのほうがいい
半端な年数の愛の記念日の日のほうが
毎日のお祝いよりもいい
わたしに何も約束してくれない
モラリストのほうがいい
あまりにお人好しの親切よりは
抜け目のない親切のほうがいい
軍服を着ていない大地のほうがいい
征服する国よりは征服された国のほうがいい
留保をつけたほうがいい
秩序の地獄よりは混沌の地獄のほうがいい
新聞の一面よりはグリム童話のほうがいい

葉のない花よりは花のない葉のほうがいい
犬は尾をちょん切っていないほうがいい
明るい目のほうがいい、わたしの目は暗いから
机の引き出しのほうがいい
ここで名前を挙げなかった多くのもののほうが
やっぱりここで名前を挙げなかった多くのものよりいい
数字の行列に並ばされたゼロよりも
ばらばらなゼロのほうがいい
星の時間よりも虫の時間のほうがいい
迷信を守ったほうがいい
あとどのぐらいとか、いつとか聞かないほうがいい
存在には存在なりの理由があるという可能性さえ
考えておいたほうがいい

上面朗读的是诗歌《可能性》。

（会场响起掌声）

种种可能

我偏爱电影。
我偏爱小猫。
我偏爱华尔塔河沿岸的橡树。
我偏爱狄更斯胜过陀思妥耶夫斯基。
我偏爱我对人群的喜欢

胜过我对人类的爱。
我偏爱在手边摆放针线，以备不时之需。
我偏爱绿色。
我偏爱不抱持把一切
都归咎于理性的想法。
我偏爱例外。
我偏爱及早离去。
我偏爱和医生聊些别的话题。
我偏爱线条细致的老式插画。
我偏爱写诗的荒谬
胜过不写诗的荒谬。
我偏爱，就爱情而言，可以天天庆祝的
不特定纪念日。
我偏爱不向我做任何
承诺的道德家。
我偏爱狡猾的仁慈胜过过度可信的那种。
我偏爱穿便服的地球。
我偏爱被征服的国家胜过征服者。
我偏爱有些保留。
我偏爱混乱的地狱胜过秩序井然的地狱。
我偏爱格林童话胜过报纸头版。
我偏爱不开花的叶子胜过不长叶子的花。
我偏爱尾巴没被截短的狗。
我偏爱淡色的眼睛，因为我是黑眼珠。

我偏爱书桌的抽屉。
我偏爱许多此处未提及的事物
胜过许多我也没有说到的事物。
我偏爱自由无拘的零
胜过排列在阿拉伯数字后来的零。
我偏爱昆虫的时间胜过星星的时间。
我偏爱敲击木头。
我偏爱不去问还要多久或什么时候。
我偏爱此一可能——
存在的理由不假外求。①

谷川：非常好的诗。我喜欢。

沼野：也有个别不太赞成的意见，但我仍然觉得是首好诗。

谷川：翻译得比较容易上口。

沼野：谢谢，辛波斯卡的翻译我有点懈怠了，下一部诗集还没有译好，我会加快的。

还有一首，是去了美国的俄罗斯诗人约瑟夫·布罗茨基（Joseph Brodsky）的诗。他原是用俄语写诗的，到美国后用英语

---

① 译文引自陈黎、张芳龄译《万物静默如谜：辛波斯卡诗选》，湖南文艺出版社 2012 年 8 月版。——编者注

写随笔，也用英语写了一部分诗。我朗读的这首是比较轻快的、用英语写的、俗称打油诗的那种。布罗茨基的俄语诗很出色，但是实在是很难翻译，即使翻译了，意思也很难传达。所以，我们先欣赏这首比较好翻译的、用英文写的打油诗。《爱之歌》最后两行意思不太清晰，大家也请一起思考一下吧。

（朗读）

ラブソング

もしも君が溺れていたら、ぼくは助にかけつけ
ぼくの毛布にくるみ、熱いお茶を呑ませてあげよう
もしもぼくが保安官だったら君を逮捕して
牢屋に閉じ込め、鍵をかけてしまおう

もしも君が鳥だったら、ぼくは君の唄をレコードにして
鈴の音のようなさえずりを一晩中聞いているだろう
もしもぼくが軍曹だったら、君はぼくの新兵だ
だいじょうぶ、君はきっと教練が好になる

もしも君が中国人だったら、ぼくは中国語を勉強して
香をたくさん焚き、可笑しな服を着るだろう
もしも君が鏡だったら、ぼくはご婦人用のトイレに突進して
唇にルージュをひき、鼻に白粉をはたいてあげよう

火山が好きだというのなら、ぼくは溶岩になって

秘められた源から激しく噴き出そう

そして、もしも君がぼくの妻だったら、ぼくは君の恋人になろう

なにしろ教会が断固として離婚を禁じているから

(会场响起掌声)

接下来拜托田原先生朗读新潮社出版的《石的记忆》的第二首诗。

田：那么、我来朗读《墓》。

(朗读)

墓

数羽のさえずる鳥が
周囲の静寂を破り
墓の上にとまる

涼風がひとしきり
目に見えない木櫛のように
墓の上の枯草を梳く

死者は運ばれ埋められ

悲しみと記憶は
その時からここに定着する

生者はやってきて
墓碑の前で手を合わせ
足跡を残して 去る

砂漠は駱駝の墓
海は水夫の墓
地球は文明の墓

墓は死のもうひとつの形
美しい乳房のように
大地の胸に隆起する

墓も成長する そこに立ったまま
洪水が流れ込もうとも
暴風に曝され砂塵に覆われようとも

墓は
地平線に育てられた耳だ
誰の足音かを聞き分けている

（会场响起掌声）

坟墓

几只啾鸣的鸟
惊破周围的寂静
栖落在坟顶

一阵阵凉风
一把把无形的木梳
梳弯坟上的枯草

死去的人被运来葬下
悲伤和回忆
从此在这里落户扎根

活着的人走来
在墓碑前轻轻合掌
留下脚印离去

沙漠是骆驼的坟墓
大海是水手的坟墓
地球是文明的坟墓

坟墓是死亡的另一种形状
像美丽的乳房

隆起在大地的胸膛

静止的坟墓也在成长
但它从不挪动自己的位置
即使被洪水漫过被风沙湮埋

坟墓
是长在地平线上的耳朵
聆听和分辨着它熟悉的跫音①

沼野：这首诗有没有您自己翻译的中文版本。

田：我翻译了。

谷川：首先想起的是日语的吗？

田：是的，先是用日语写，然后翻译成中文。翻译得不是很满意。

谷川：我要朗读的《再见》这首诗和刚才的《自我介绍》一起收录在《我》这本诗集里。是写死亡的诗。

---

① 译文引自田原《梦蛇：田原诗集》，东方出版社 2015 年 12 月版。——编者注

（朗读）

さようなら

私の肝臓さんよさようならだ
腎臓さん膵臓さんともお別れだ
私はこれから死ぬところだが
かたわらに誰もいないから
君らに挨拶する
長きにわたって私のために働いてくれたが
これでもう君らは自由だ
どこへなりと立ち去るがいい
君らと別れて私もすっかり身軽になる
魂だけのすっぴんだ
心臓さんよどきどきはらはら迷惑かけたな
脳髄さんよよしないことを考えさせた
目耳口にもちんちんさんにも苦労をかけた
みんなみんな悪く思うな
君らあっての私だったのだから
とは言うものの君ら抜きの未来は明るい
もう私は私に未練がないから
迷わずに私を忘れて
泥に溶けよう空に消えよう
言葉なきものたちの仲間になろう

（会场响起掌声）

再见

我的肝脏啊，再见了
与肾脏和胰脏也要告别
我现在就要死去
没人在身边
只好跟你们告别
你们为我劳累了一生
以后你们就自由了
要去哪儿都可以
与你们分别我也变得轻松
只有灵魂的素颜
心脏啊，有时让你怦怦惊跳真的很抱歉
脑髓啊，让你思考了那么多无聊的东西
眼睛、耳朵、嘴和“小鸡鸡”你们也辛苦了
我对于你们觉得抱歉
因为有了你们才有了我
尽管如此没有你们的未来还是明亮的
我对我已不再留恋
毫不犹豫地忘掉自己
像融入泥土一样消失在天空吧

与无语言者们成为伙伴吧①

当诗具备了普遍性时，其意义何在

沼野：那么，接下来有请会场的听众提问题。

提问者 A：我女儿读初中二年级，出生的时候就想给她买画报，不知道买什么好，就去邮购订阅，商家会每个月挑选出优秀绘本，邮寄上门。有一次，我收到的是谷川先生的《噗噗噗》（文研出版社，1997 年），这个绘本太好了，语言也很新颖，我被惊到了，没有比这更好的了。孩子也很自然地欣赏，现在长大了也反反复复地看呢。那部作品是先生家里有小孩子时创作的吗？

谷川：不是。

提问者 A：那么，写这个是因为有人约稿吗？

谷川：有一位已经逝去的画师叫元永定正，1966 年我们一起在纽约。我们两个人都带着各自的妻子在美国生活，拿着奖学金，住在林肯中心旁边的公寓，都是一个房间的那种。他就在那么狭窄的房间里作画。我去他那里玩，他说“给这幅画题个名吧”，就这样我们开始熟悉了起来。回到日本以后，过了一段时间，出

① 译文引自谷川俊太郎著、田原译《三万年前的星空》，江苏凤凰文艺出版社 2018 年 11 月版。——编者注

版社说先生和元永先生一起做绘本吧。那时，我对元永先生的这一类画已经相当熟悉了，因此我想把元永先生的画以某种故事来排序，相应的语言也有了。就是这样很轻松地创作出来的书。开始时完全卖不出去，被幼儿园老师和孩子妈妈们问："这是什么？怎么教啊？"

我的印象里好像是因为孩子们喜欢，所以市场销售才好起来，慢慢地越来越好卖了。听说几年前卖到了一百万册，我也很吃惊。因为是从小熟悉的语言，孩子们比较容易由此进入语言的世界吧。

提问者 A：孩子们能毫不费力地读，很愉快。

谷川：是啊。大人就总是考虑深层意义。

提问者 B：能再谈谈诗歌翻译的难点吗？您说过如果没有在语言的母语国生活过的经历，有些语言是很难掌握的……

谷川：也不是一直住在外国。就我自己做翻译的感受来说吧，比如"蓝"这个词，与之对应的英语是"blue"，现在说的不是蓝和"blue"是不是能一对一对应上，而是它们各自的颜色所代表的意义。比如用画圆来表示的话，"blue"的圆和蓝的圆不是完全重叠的同心圆，而是有错位的部分，两个圆只是重叠的部分是概念通用的部分。

以诗的翻译来说，我认为如何找寻它们重叠的部分，有什么样的语言相对应，这是最重要的。外国的语言和日语表示的内涵和外延是如此的不同，通过词典可以明白吗？是不明白的。因为词典已经格式化了，实际上在这种语言应用的地方生活几年就会明白了。所以，最重要的是在那个国家、在那个地方生活一段时间。这样，做翻译的时候，才能完全掌握外国的语言，无意识之中运用自如，这难道不是最重要的吗？

提问者 B：田原先生怎么认为呢？

田：翻译确实是很难。但是我认为好的现代诗可以翻译成任何语言。被翻译的作品也不会有太大的误差吧。因为这里面有普遍性。不伦不类的作品就不行了。恐怕很难被外语所包容。所以，能不能翻译，首先由原作是否具备那样的特质所决定。同时，因为涉及的对象是从语言到语言，所以，是否具有普遍性也是一个问题，不涉及具体的作品很难判断。关于翻译，我也写了论文，一句话很难概括。理论上以往有很多文字化的东西。

谷川：田原先生主张的诗必须具有世界性和普遍性，这个观念是怎样形成的呢？

田：我想一旦有了普遍性，不仅仅是我的母语，很多语言都能接受了。

谷川：存在于某一个特殊的文化圈不是也很好嘛。中国存在多样的思维方式，一首日文诗歌在中国没有流行，也不能说它不好。只要日本人能有共鸣不就可以了吗？

田：不是说日文诗歌本身“不好”。比如中原中也诗歌的优点，在我的母语中就很难呈现出来。

谷川：那是因为翻译得不够流畅。

田：是可以流畅的。但是译成中文以后，他的诗歌的美感却失去了，用日语读的话，中原中也也是一位还不错的诗人。

谷川：你的这个评价——“还不错的诗人”，那是因为日语不是你的母语，所以你会这么认为。

田：可其诗歌被翻译成中文后，中原中也怎么也不能给人一流诗人的感觉。

谷川：我好像明白这个感觉。但，这是什么原因呢？沼野先生怎么想？诗要具有普遍性其意义何在呢？

沼野：既有超越语言的障碍且在国外得到很高评价的作品，也有难以克服语言障碍的作品。小说家也是完全一样，村上春树的作品比较容易被翻译，如古井由吉等人的作品就不太容易被翻译。埴谷雄高等人的作品几乎没有人翻译。但是，不能笼统地说不好翻译的作品就不好。只是，田原先生说的也有其道理，真正好的作品一定以某种形式在流传。

谷川：像音乐什么的，很简单地能说明这一点。

沼野：和音乐相比，语言清清楚楚地存在着能够跨越和不能跨越的障碍。刚才，就“含意”这个词，我们谈到了具有复杂语感的一些词语。请允许我再补充一点，如果是诗歌，在形式方面，还要考虑声音的余韵、格式、节拍等因素，它应该是和诗歌的内容融为一体的。

翻译时，姑且可以选择主题内容进行翻译。然而，像刚才的《河童》那首诗，翻译时应该必须具有相同的韵律，那么能否再现相同的韵律呢？比如，“か”音的重复出现，译成汉语和英语是否能够做到？应该不是那么简单的。如果想忠实地再现这种诗歌形式方面的诸多因素，那么翻译就会是一个非常不容易的工作。

我也是大学教师，说到大多数大学教师的外语能力，查查词典认真读几遍学习一下，基本可以掌握大致的意思。所以，大学教师的翻译，多数是只能读取诗歌的主题内容而直译。这样的话，原作品的妙处无以传达。比如，有一个我之前就想请教的问题：在日本说到诗一般都包括短歌在内，一般像“五七五”这样格式规定很严格。像这种能翻译还是不能翻译？恐怕翻译过程中出现的问题比现代诗更复杂吧。

谷川：是啊。有人说外国人用英文也能写俳句，严格按照“五七五”的格式，但这个问题牵扯到英文的音节，我们也搞不太清楚。

沼野：说是五音节或者七音节等，但毕竟说起来英语和日语的节拍读取方式不同……中国语怎么样？短歌也被翻译过去了吗？

田：翻译了。还是松尾芭蕉的好。即使多少有点意译的成分，也仍然很好。我认为是因为芭蕉的作品具有普遍性因素。我曾经写过有关埃兹拉·庞德的评论。他把李白的诗翻译成英文，又将他的英文译文重新翻译成了中文，并没有太大的偏差。可见，从某种意义上讲，李白在唐代写的诗就具有诗歌的普遍性，所以才能实现这一点。

沼野：关于翻译的论坛马上要开始第二轮，由于会场时间的限制，本次座谈到这里就结束了。希望我们再找别的机会继续今天的话题。

第三章
带我走进“世界文学”

——过原登与沼野充义的对谈

辻原登

1945年，出生于和歌山县。小说家。曾任东海大学教授等，现任神奈川近代文学馆馆长、理事长。1990年以《村庄的名字》获芥川奖。之后主要作品有：《飞翔的麒麟》（又译《飞翔吧，麒麟》）（1999年，获读卖文学奖）、《游动亭圆木》（2000年，获谷崎润一郎奖）、《枯叶中的青炎》（2005年，获川端康成文学奖）、《花开樱花树》（2006年，获大佛次郎奖）、《不可饶恕的人》（2010年，获每日艺术奖）、《阴暗之处》（2011年，获艺术选奖文部科学大臣奖）、《韃靼之马》（2012年，获司马辽太郎奖）、《冬之旅》（2013年，获伊藤整文学奖）。2012年被授予紫绶褒奖章。

青春作家陀思妥耶夫斯基

沼野：今天可以和辻原先生进行一场深入的交谈。我想在谈话进程中循序渐进地将先生作为作家的一面自然地展现出来，整个会谈的进程就按照这种感觉进行。

此次系列座谈的目的在于让人读书。辻原先生不仅在作家领域十分活跃，在日本文学、世界文学方面也无所不知，读书涉猎极广。无论从哪个方面谈起，我想都会有说不完的话题，那么我们就先从“如何读书”这一方面来谈一谈吧。

社会上广泛流传着辻原先生的一句名言：“十九岁之前不能不读陀思妥耶夫斯基。”辻原先生不仅对陀思妥耶夫斯基的作品了如指掌，对法国的福楼拜、司汤达等作家的文学作品也十分精通。俄罗斯文学对辻原先生来说是特别重要的一个领域。所以，“十九岁之前不能不读陀思妥耶夫斯基”，就这一话题我们扩展来说，读书要选择适合其年龄的书籍，而且古典作品需要反复研读。年龄不同，对作品的解读就会不同。辻原先生，基于您长期的读书经验，请您谈一谈“读书需要适合的年龄”这一问题。

辻原：读某些作家的作品不需要适合的年龄，可以说一点也不需要，但是，读陀思妥耶夫斯基的作品是需要的。这有点像谬论，只是我感性的想法。在托尔斯泰、狄更斯、巴尔扎克等近代文学巨匠中，陀思妥耶夫斯基是个非常特别的作家。他的作品非常具有戏剧性，从《死屋手记》，到《罪与罚》《群魔》《少年》《卡拉马佐夫兄弟》《白痴》，以及《永远的丈夫》《温顺的女性》等，陀思妥耶夫斯基的作品，都有“毒”。但是，与谷崎润一郎作品中的“剧毒”相比，还是略有逊色的。也就是说，读过了各类作品，积累了丰富的经验，过了二十岁到二十五岁或三十岁的年纪，即便读了陀思妥耶夫斯基的作品，感觉也不会中陀思妥耶夫斯基的“毒”，不过谷崎润一郎的作品，到了五十岁或七十岁读，该“中毒”还是会“中毒”。我是这样认为的。不过，读陀思妥耶夫斯基的作品，如果“毒性”不发的话，就太没意思了。有趣是非常有趣，可若是这样读陀思妥耶夫斯基的作品，还不如读巴尔扎克、狄更斯等的作品更有意思。为什么这么说呢？因为巴尔扎克、狄更斯等是成人小说家，而陀思妥耶夫斯基并不是成人小说家，我认为他更像是一个常处在青春期的作家。

这样看来，为什么说要在十九岁之前读呢？人一般是在十四岁或十五岁的时候变化比较大，经历自呱呱坠地到渐渐懵懂，度过完全由父母守护的时期，正是要从父母的守护中脱离，去独自面对外面的世界，对即将要面对的风风雨雨充满了不安的时期。我们对幼年的事情几乎都不记得，四五岁时的烦恼也全然忘记，之后的十三岁至十八岁，这是我们人生中的第二个暴风时期，我们已有自己的思维、自己的语言习惯，也有自己的处世方式，可以说这一时期的变化是非常大的。

这是青春期，是身心都非常不安的时期，如果这个时期读陀思妥耶夫斯基的作品，“毒性”就会发作。体验了这个时期的陀思妥耶夫斯基，再到成年，就会有很多有意思的事情。从十四岁到十九岁期间中了陀思妥耶夫斯基的“毒”，那么在自己的无意识中就会吸收到文学本质的东西，或者可以说是文学的“恐怖性”。但是如果成年后读的话，就不能吸收了。其他的作家，如托尔斯泰、司汤达、森鸥外等都不是这样的，无论多大年纪去读都会有一个与之相匹配的世界。所以，最初我说“十九岁之前不能不读陀思妥耶夫斯基”这句话，是针对那些想成为作家的人，或者是有成为作家意愿的人，就是那些写高中三年级或大学一年级水准小说的人。也就是说，在十九岁之前如果没有读陀思妥耶夫斯基，并深受其“毒”的话，是不能成为一名真正的作家的。我想表达的就是这一点，不知何时起，这句话变成了一个口号或者像是一句说教的话了。

沼野：真是非常有趣的话题。辻原先生自己在年轻的时候也沉迷于阅读陀思妥耶夫斯基吧。以前，曾一起参加过托尔斯泰文学座谈会，有幸见到你的手写笔记，深感震惊。满满的摘录内容，才知您对托尔斯泰也是有很深的研究的。请问您是在读过陀思妥耶夫斯基之后读的托尔斯泰吗？

辻原：做读书笔记是之后的事情。高中时读《安娜·卡列尼娜》《战争与和平》，完全看不懂。

沼野：《安娜·卡列尼娜》是有关婚外恋的故事，主人公也是三十岁左右的女性，高中生读起来确实完全不能理解。我也是完全不懂，待自己过了那个年纪后再读就会恍然大悟。

刚才您提到陀思妥耶夫斯基作品是对青春期有用的“毒”。这样说来，日本有许多陀思妥耶夫斯基的疯狂崇拜者，不同的人以不同的方式研读陀思妥耶夫斯基的作品。作为日本的传统或者叫特点，有在思想上或者形而上学倾向性上深读陀思妥耶夫斯基作品的倾向。印象中如埴谷雄高等作家，他们也对陀思妥耶夫斯基的作品有深入的解读。

辻原：像埴谷雄高、小林秀雄等作家，他们至死都坚信自己仍处在青春时期。所谓的日本的哲学正是对青春的追崇，我认为即便是八十岁高龄的哲学家，其精神构建及志向也是在青春期。这正是日本独特的青春样态。对于明治以后的日本知识分子来说，欧洲既是近代的，同时也是青春洋溢的。所以，我觉得无论是哲学还是文学，这种吸收方式都是独具日本特色的。

小说家是不可能永远都处于青春期的。成熟的人物、恶人、政治家等，这些人物也都必须要描写。而且一部长篇小说中至少要出现三十人或五十人，其人物特点各不相同，人生经历也完全不同，这些都需要区分描写。那么，如果一直强调着“青春、青春”就不太合适了。想要持有不同的视角，那就必须要将自己从青春中抽离出来。

永远沉浸在青春中是无法写小说的

沼野：感觉我们从最初本质上的小说论，发展到了某种意义上对现代日本年轻作家们的严厉批评了。我也是在做文艺评论时注意到，年轻人中去角逐新人奖的人非常多啊。每当进行新人奖征集的时候，一次就有超过一千份作品应征。其中大多数是写自己或自己周围的人，比如为情所困啊，或是连恋爱都谈不了而一个人自闭的烦恼啊……充其量也就是自己和恋人，或者周边人的故事，这类作品实在太多了。认为这就是青春文学，或者认为以自己为原型写自身的恋爱故事一定是文学的第一步。如果仅限于此的话，那么这与辻原先生说的将三十人或五十人区分描写的作品是处在完全不同的两个阶段。视野狭隘的新手的一些作品就是除了写自己和自己的恋人之外，什么内容也写不出了。如果父母没有出现，那么父母从事何种工作也全然无从知道。当然也可以说正因为这样的作品过多，所以其中也能出现可以成为感性丰富、出色优秀的作家的人。刚才辻原先生表达的是对现代日本小说的批评。

托尔斯泰的《战争与和平》中确定出现了五百多个人的名字，能熟知每个人物的经历吗？作家从某种意义上来说，就像一个无所不知的神一样，不同的人物要如何行动等等都要分别描写。辻原先生的长篇小说也是规模宏大，大约会出现多少人物呢？

辻原：没有数过，不过除去点缀性的人物，长篇的话，相关的出场人物，一般都要二三十人。

沼野：以《不可饶恕的人》（每日新闻社，2009 年，集英社文库）为例，一些重要角色，包含历史上的人物，有相当多的人物交织在一起。写这样的小说的时候，作为小说家要如何做呢？

这个人物这样，那个人物那样，要具备洞悉所有人物的能力才能写吧？

辻原：是的，不那样的话，是写不出来的。不同的人方法不同。长篇的话，可以不考虑人物结局就开始写，也有的人一边写一边考虑主题。我的话呢，首先去找主题，即便还无法用文字定型也没关系。比如说潜入海底，发现非常漂亮的石头，就想着“啊，就是这个”，带着这块石头浮出海面，在太阳光下一看，发现不过是一块普通的石头，这种事情常常会有。潜入海底找石头就像是找主题一样，将潜入海底比喻成梦境或者是幻想，在梦境中或幻想中闪现的某个东西，发现它并将其带入现实中来，那么在梦中闪耀的东西首先仅仅是石头。然后在梦境中见到的，或者是在海底见到的那一抹光芒是否能再一次在现实中再现，这就成了写作的动机。我想不仅仅我是这样。如果这个作品完成了，也就是再现了梦境中的光芒，也就意味着找到了好的主题。

所以是不是一个好的主题，不试着开始写是不知道的。这种意义的存在就是小说的生命，不过，最初在梦境中见到的、在海底见到的光辉，是否真的存在，不写是不能妄下论断的。所以只好先考虑好如何构筑这个世界、最后如何结尾之后再开始。

我认为小说就像是建筑，或者是音乐。建筑家在施工的过程中绝对不会有“大概”“差不多”之类的想法。一定先严格地画好设计图，使用什么材料、如何进程等事宜都会详细考虑妥当。音乐当然也是如此，也有其严格遵守的规则。

如果是文学的话，那么素材就是语言了。所有的语言都已经自带含义了，所以一般情况下我们很容易地认为只要将其排序，那么故事就成了。而且，小说的话也不用过多思考，开始写不就可以了吗？但是，建筑师使用石头、土、木方建造房屋的时候，木方就只是木方、石头就仅仅以石头的原样存在的话，是不能成为建筑素材的。为此需要付出很多思考和方法，以及其他的如为了架梁吊栋、构建屋架所需要的力学知识。音乐亦是如此，单单只有音的话还不是音乐。为了使其成为音乐就需要合适的音乐技法。小说家、诗人在用语言创造世界的时候，像音乐、像建筑那样去思考的人也许不多，可是我认为还是有思考的必要的。

这就是说总是停留在青春期是不行的。也就是说，不是站在自己的立场，而必须要站在神一样的立场上，以接近神的姿态从上俯瞰全局，担起责任，每一个人物、每一处自然、每一个场景都必须用语言表现出来。而且一旦承担起责任，至少对自己的作品，要有决心在有生之年都承担起此重任的觉悟。虽然有些夸张，但是我认为确是如此。

沼野：明白了。听了您刚才所说，我想到一件事。有一位我非常喜欢的作家，叫米兰·昆德拉。原是捷克作家，后来去了法国。起初他写了很多抒情诗，昆德拉后来自我反省，作为诗歌，那是无任何价值的。他说抒情诗沉迷于描写对象本身也是不可取的。小说的精神又是另一个层面了。这里所说的小说精神指的是叙事性的精神，小说是不可以沉迷于自己内心的感动而就此结束的。用具有远近感的透视法聚焦事物，创造含有历史性、社会性的故事，我觉得这是他的小说精神。他认为沉迷于抒情是危险的。太多强调这点，被误解为是在侮辱写诗的人就不好了。可是沉迷于抒情，从某种意义上就是沉溺在青春的状态之中。而小说的精神、散文的精神都是这之后所要展现出来的。他要表达的应该如此吧。

辻原：确实如此。昆德拉也是我喜欢的作家。他的《不能承受的生命之轻》，我曾经将其一点一点剖析又将其重新组合，受益匪浅。昆德拉虽说是从抒情中脱离出来，但读了《不朽》之后就会发现，他的创作还没有脱离抒情。确实如刚才沼野先生所说的，小说是以散文的形式构建起来的。也正如我刚才说的那样，就像是一段音乐，也像是一个建筑。

沼野：仿效音乐的构造写小说。

辻原：昆德拉的父亲是有名的钢琴家。不过将一本好小说，剖析后研究它是如何构建的也很有趣，可以领悟到随意改变视点的乐趣。听大学的文学讲座时，会听到一些评论，如：这个视角很暧昧呀之类的，所谓的视角主义不少啊。教学生写小说时，有的设定一个视角后就要求学生必须按照这个视角写，或者视角有改变的话就必须有所标识，等等。虽然说得有点啰唆，但是我认为视角是应该更自由，不做这些约束也没有关系。神有许多，视角也应是无限的。所以偶尔要降到地面上来，比如进到沼野先生的脑中，以沼野先生的眼睛去看这个世界也好，或者到外面以另外一个人的视角去看也没有关系，或者走出来从上向下俯瞰也会很有趣。这样想的话，说是神的视角，也就等同于更自由的视角。

“带我去远方”

沼野：刚才您从作者的立场出发谈了许多，非常有趣，让人获益良多。那个，我们的谈话顺序搞反了，关于今天的话题，事先没有告知您今天的谈话的具体主题。想就世界文学、日本文学我们随意聊一聊。虽然有点临阵磨枪的感觉，实际上前天我就想如果要给这次的谈话加一个题目的话，《带我走进“世界文学”》这个题目如何呢？所以，今天的谈话就以此为题吧。

这个奇妙的题目，是由1987年公映的电影《带我去滑雪》而联想到的，电影我没有看过，不是很清楚。辻原先生曾在2009年东京大学我的研究室（现代文艺论研究室）的课堂上，就世界文学做过讲义。那本讲义已经出版成书了（《在东京大学学习世界文学》，集英社，2010年，现・集英社文库），其中有一章是《带我去远方》，我对此非常感兴趣。以辻原先生独特的视角和切入点，论述了“文学点燃热情”“文学把读者带向远方”等观点，列举了大量有趣的作品实例，给人一种恍然大悟的感觉。“文学可以把读者带到另一个不同的世界”，我们思考文学时，就要有这样的意识，这点很重要。

前一段时间，我读了辻原先生作品的文库版后面的“解说”部分，想以此了解诸位解说者是如何想的。比如辻原先生的《花开樱花树》（朝日文库，2009年）以旧时的日本为背景，此作品获得了大佛次郎奖。作家池泽夏树做了解说。开头部分写得很有意思。池泽先生是这样开始其评论的——“小说读者是不是一个色情受虐狂群体呢？或者说，读者正期盼着让作者随心所欲地将自己带到某个地方。每个读者的内心都有把自己交给作者的想法”。

就像这样，辻原先生的小说把读者带向何方？据说那是个充满套路的世界，正因为如此，那么不是“把我带到远方”，而是“把我带到‘世界文学’中”不是很好吗？所谓“世界文学”，这里说的并不是一个晦涩难懂的文艺学用词，仅仅是因为谈论的是世界的文学，当然，日本文学也必然包含其中。

那么，我们已经聊了许多托尔斯泰、陀思妥耶夫斯基、昆德拉等外国作家。接下来，我们结合辻原先生丰富的读书经历谈一谈吧。在日本谈日本文学、世界文学时，世界文学指的是外国的文学，现在仍然有这样将外国和日本区分开来的情况。大学教师、研究人员等，也按专业区分将其完全割裂开来，外国文学研究者和日本文学研究者之间现在几乎没有交流。其实这是一件不可思议的事情。在日本，我感觉仍然有很强烈的像区分日本和世界这样将内和外区分开来的倾向。关于这点，辻原先生您是如何认为的呢？以您的读书经历，您认为该以什么样的姿态阅读当下的文学作品呢？这是日本的？这是世界的？或者说日本文学和外国之文学之间存在着根本的差异？您也这么认为吗？

辻原：我不这么认为。我这里只有一种区别，用日语写的日语小说，用俄语写的且被翻译成日语的小说，只有这个不同而已。距离上的差异也能成为语言的差异。比如说日本的古典文学《源氏物语》，跨越千年时空再来读，并没有本质上的不同。我认为以同样的想法读俄罗斯的翻译小说，和读千年前的《源氏物语》，不是应该的嘛！

沼野：我也曾有幸和外国的研究日本文学的学者交流过，就这个话题也聊过。谈到《源氏物语》的英语翻译，有亚瑟·威利（Waley）、爱德华·赛登施蒂克（Seidensticker）和罗耶尔·泰勒（Tyler）这三个人的三种英译本。其中，泰勒的英译本学术上的注释是最详细的，汲取了最近的许多研究成果。泰勒先生来日本时曾应邀做过讲演，那时我问过他一个别人想不到的问题。因为《源氏物语》是日本人用日语写的，今天的人读起来即便有些难以理解，但因为都是日语，而且同样具有日本人的感性，所以即便是千年前用日语写的东西，也不会把它看作是外国文学。不过从研究者泰勒的视角看的话，是不是把千年前的日本文学与现在的日本文学区别来看更好呢？听了我的这个问题，泰勒先生的回答是肯定的。他甚至说现代日本人比外国人能更好地理解《源氏物语》的这种想法其实是不成立的。作为日本人听到这里会有点郁闷，但是是不是也确实存在这种情况呢？“因为同样是日语，日本人就应该理解”这种想法，对千年前的事物的话，还是摒弃掉比较好吧。

辻原：跨越时间空间，是阅读古典文学的基础，也正是其有趣之处。通过日语的翻译读法语、俄语、汉语等语言写的文学作品，就像是接受一个多月的训练后用原本的日语读千年前的《源氏物语》原文，这两件事有异曲同工之妙。也就是说，经过训练后，即便不是现代语译本也都能读懂。换句话说，读陀思妥耶夫斯基的作品而有所发现，和读《古事记》《源氏物语》而有所发现，在我们的头脑中出现的基本是同样的情况。虽然存在着读翻译文本和读古典文本的差异，但我觉得没有必要再去细分。

沼野：把古典文学称作外国文学，这听上去好像有语病，确实是不同世界的东西。您的意思是，要进入这个世界，必须要付出一定程度的努力，但却是可以进入的世界？

辻原：是的。古典文学确实存在着距离感和遥远感。有距离感是古典文学非常重要的条件之一。如何缩小距离感，及缩短距离后的喜悦，这是阅读现代流行小说感受不到的完全不同的质感，这应该是更全方位的喜悦。

史蒂文森和中岛敦

沼野：从辻原先生自身年轻时的读书经历来看，有没有热衷于日本文学的时期，或者说只读外国文学的时期呢？

辻原：那倒没有。

沼野：喜欢谷崎润一郎、陀思妥耶夫斯基的作品吧。

辻原：是的，完全没区别。对于我来说，读了史蒂文森的《金银岛》小说后我就想，如果能写出这样的小说多好啊。小的时候简装版是适合儿童的读物，到了小学五年级的时候读精装版的《金银岛》，我觉得那时候的那种兴奋感是我读书经历的开端。

沼野：感觉在诱导我们进入一个令人心动的世界。

辻原：是的，有点兴奋。

沼野：史蒂文森的作品在日本最著名的是《金银岛》和《化身博士》，除此之外的作品可以说我完全没读过，但是辻原先生也喜欢史蒂文森之外的作家吧，您正在出版文集吧。

辻原：是的，就快出版了。史蒂文森的作品我确实是没怎么读过。

沼野：话题稍微岔开一下。谈谈辻原先生喜欢的纳博科夫这位俄罗斯出生的作家。他在《欧洲文学讲义》这篇讲义录中，特别提到了几个欧洲和英美的作品，其中就有《金银岛》和《化身博士》。除此之外还有福楼拜的《包法利夫人》、狄更斯的《荒凉山庄》，以及简·奥斯汀的作品。总之，无论哪部作品都是英美大学里教授欧洲文学时要特别提及的古典中的古典作品。这其中，我觉得是否史蒂文森略有不同呢？并不是说史蒂文森的价值低，特别是《化身博士》有时会被认为是仅仅适合年轻人的读物。我觉得这些充分展现了纳博科夫的个人喜好，也是很有趣的地方。我感觉辻原先生和纳博科夫似乎也有兴趣相似的地方。

话说回来，日本作家中岛敦非常喜欢阅读史蒂文森的作品。关于中岛敦，在辻原先生您的作品中，有短篇小说集《枯叶中的青炎》（新潮社，2005 年），其中书名同题作的《枯叶中的青炎》，以中岛敦、史蒂文森为开端，有萨摩亚群岛、丘克群岛的当地日裔族长，有流亡日本的俄罗斯棒球运动员斯塔尔辛的传奇经历，将小说人物与斯塔尔辛这个实际存在的奇迹般的人物关联起来，我想这就是能让人感受到小说魔力的作品。现在想来，根源是受史蒂文森的影响吧。

辻原：确如您所说。那部作品是为了表达对中岛敦和史蒂文森的敬意而写的。中岛敦的作品《光与风与梦》，是依据史蒂文森的后半生的传记和他的大量书信写成的。虽说如此，中岛敦也对其进行了取舍、创作。史蒂文森在四十多岁的时候逝世。他出生于英国爱丁堡一个寒冷的地方，其祖父和父亲都是爱丁堡大学工学部的灯塔设计师和工程师。当时，英国在全世界建造灯塔，以便管控七大洋。但是，史蒂文森自小就因肺结核而体弱多病，为了到温暖的地方治疗而辗转于各处疗养地旅游。在巴黎与美国的有夫之妇恋爱，为了安慰她带来的孩子，创作了《金银岛》。那时候的他，在萨摩亚群岛一边经营农场，一边写小说，最后在那里离世。《光与风与梦》是一部深入史蒂文森内心世界的精彩作品。

沼野：中岛敦的作品在教科书中被提及的大多是《山月记》，是取材于中国古典故事的小说。对于当今的日本人来说，只知道其作品有点难以理解，对其他，如《光与风与梦》等作品几乎都遗忘了，我们就很难全面了解中岛敦这个小说家。阅读过原先生的小说的乐趣之一就是我们知道了那些即将被遗忘的作家的存在，并被引导进入其文学世界。我想这就是“带我走进‘世界文学’”吧。

聆听了过原先生的谈话，我想，所谓作家，在写之前首先是阅读者。这个话题我们一会儿再详细交谈。刚才您说您在阅读时，不会区分世界文学和日本文学，对于《源氏物语》中的古日语，经过一个月的努力阅读也完全能够读明白。我本身不太擅长古典文学，所以无论怎么努力也不是十分明白。因为不喜欢古文，所以，就像读外文书的感觉。说实在的，一个月又能怎样呢？但是，如果以那种心情不厌其烦地学习古日语的话，比起外语还是要简单许多的。因为无论是古日语还是现代日语首先音韵多有共同之处，语序也一样，虽说如此，千年前的日语与现代日语的音韵还是有不同之处，即使是同一个假名发音也不同，按以前的读音的话，我们听起来就跟外语一样。

这个话题我们暂且不说，回到正题。读外国文学时我们不得不仰仗翻译读本，当然也有一些有志于外语的人，他们读的不是翻译文本，而是自力更生努力阅读原文的，这些人也许可以成为专家。但一般来说，外语水平很难能达到充分鉴赏文学作品的程度。即便可以做到，最多也就一门外语。一门外语不可能一个月就能精通。岂只是很难，恐怕实际上甚至花费一生的时间也不能十分精通。我学了几门外语，专业是俄语，可是即便是我的俄语，读纳博科夫的俄文原著时也还是不十分明白文义。通常是一边怀疑自己是否懂纳博科夫的俄语，一边阅读的状态。不管怎样，外语，特别是文学，要掌握其真正的意思并不是一件简单的事情。基于这点，普通人自不必说，就算是天才，阅读外国文学时，还是要看翻译读本，脱离这个前提条件是不可以的。

辻原先生您可以说自幼时起就一直“浸润”在外国文学的翻译文本中，我想对阅读颇丰的辻原先生提个问题。翻译的日语有时有点奇特，有时不用直译，也会出现精彩的日语译本，毕竟译本中日语文体的变化也是丰富多彩的。您长期阅读这些译本，借助翻译阅读了许多世界文学名著，能否谈谈您的经验呢？另外，最近出现了古典新译的动向，陀思妥耶夫斯基以及被称作现代古典作家的塞林格、菲茨杰拉德的作品都出现了新译本，且吸引了一批新的读者。结合古典新译，可以谈一谈您对翻译的看法吗？

二叶亭四迷《我的翻译标准》和本雅明《译者的天职》

辻原：沼野先生是著名的评论家、文学家，也是翻译家。在翻译方面，我也承蒙您关照，所以不敢班门弄斧。

我对英语、法语、汉语略知一二，可都不是很精通。用汉语做过一段时间的贸易工作，基本能达到商务汉语的程度。别说中国古典文学了，就是现代文学也读不懂。法语和英语都是读的译本，总是想着要是能用英语阅读就好了，也想着要是能用法语阅读就好了。正如沼野先生您所说，即便用那个国家的语言去读，也不知道可以品读到何种程度。现今，得益于日本优秀的翻译家，自明治时代以来一百多年间出色的翻译作品层出不穷，并从翻译中发展出日语散文。借助此历史，可以说多数日本人只能读翻译的作品，这也是不争的事实。

但是，深究起来，日语原本也是翻译语。从前日本并没有文字，到了公元 2、3 世纪，汉语传入日本，最初我们不知道那是什么，因为我们原本没有文字，对于“写”是什么也一无所知。不过之后，我们注意到那些看起来像咒文、图形的东西，实际上是我们自己发出声音使用的“语言”符号化的东西。《万叶集》就是这样的，将仅靠声音传播的歌曲想尽办法符号化，使其留存于后世。我想日语中使用文字就是从那时候开始的。简单来说，当有文字的文明进入没有文字的国家，当地人想留下歌谣，只能采用传入这个国家的文字。世界上任何地方都是如此。创造了文字的文明只有四个：中华文明、古印度文明、古美索不达米亚文明和古埃及文明。日本没有文字，《万叶集》这样的歌谣只是靠声音传承下来。那么如何将我们自己口耳相传的故事转换成从中国传入的文字呢？我们下了很大的功夫，花了大约三百年的时间，编纂了《古事记》。全书由汉语、汉字、汉音写成，序文也完全是汉语，之后就逐渐由变体汉文变成了日语。通常，我们读的都是按照日语的语序训读的汉文，也就是翻译本。换句话说，我们读的《古事记》也是翻译版本。

比如杜甫的《春望》中，有这样一句：

国破山河在，城春草木深。

这是汉语，把这个汉语按原样用日语来读，和把英语原文翻

译成日语来读是完全不同的。我们就这样按照日语来读的话，是“国破れて山河あり，城春にして草木深し”，这就是还原原文的日语翻译。把汉语用日语读、写，这就是翻译。

就像这样，日语是由汉语的翻译构成的文字系统。明治时代欧洲文明、欧洲读物传入日本，我们将其翻译成日语却从没有对其产生过抵触。对于研究汉文的人来说，把西班牙语、法语等语言翻译成日语也没有障碍，而对此产生文化抵抗的是中国。中国人说“那样的事情能行吗”，而拒绝翻译，影响了其近代化。那之后就没有那么简单了。森鸥外、黑岩泪香所干的事不是翻译而是改编。与此相较，就是声称要严格实行直译的二叶亭四迷。坚持要直译，把俄语、德语的原文原原本本地翻译成相对应的日语的是二叶亭四迷。

沼野：日本的近代小说某种程度上可以说是二叶亭翻译工作的象征性体现，通过翻译创造出一种文体。

辻原：是的，二叶亭写出了作为译者的注意事项。

沼野：《我的翻译标准》这本书吧。

辻原：现在说来，译文理应要尊重作者的原意，按照原文去翻译。但当时，并不是这样的。如森鸥外译《即兴诗人》，被誉为“超过原作”的翻译，而二叶亭四迷是完全按照原文翻译，甚至连标点符号都与原文一致，而且尽量保证译文的字数和原文的字数相同。要说他想做的是什么的话，并不是单单的直译。译屠格涅夫就是要把握住屠格涅夫的思想和诗意。就是说，他把屠格涅夫表述的中心宗旨称为“诗情”，为了抓住这一中心必须要直译。这个想法和本雅明的阐述是一致的。

沼野：《译者的天职》。

辻原：是的。本雅明说德语、法语，是不同的语言。不过，更简单来说，两种不同的语言通过翻译，其目标是一个，就是达到“纯语言”，译者不抓住“纯语言”是不行的。如果俄语作家只用俄语写的话，是体现不出“纯语言”的，只有另一种语言和俄语相碰撞，通过翻译，在两种语言之间才会产生“纯语言”。这点与二叶亭四迷的观点相一致吧。比如《罪与罚》，俄语原著译成日语时，陀思妥耶夫斯基写的《罪与罚》随着时间的推移也已经变得“成熟”了，有了很多的读者，经过了百年，已和当初写《罪与罚》的时间点不同了，现在是“成熟”了的《罪与罚》。阅读这样的作品，将其变成日语、德语的话，那么所说的“纯语言”就显现出来了。他把这称为“晚熟”。如此这般想想的话，通过翻译阅读的方法，是一种超越了仅仅阅读原著的，可更深层次熟读作品的方法。换一种说法，如果俄国人仅仅读陀思妥耶夫斯基写的俄语版《罪与罚》，那么只能说他们对这部作品的解读还处于很浅的层面。

沼野：或者说他们只是做了不完全解读。

辻原：比如要读沼野先生的译本，陀思妥耶夫斯基的研究成果和沼野先生的思考，俄语和日语碰撞时会产生出很多想法和问题，这些就构筑了一个新的世界。这就是《译者的天职》中所表述的意思。

沼野：本雅明的《译者的天职》虽是短篇随笔，但却非常著名，被看作是翻译研究的必读的入门读物。此书非常深奥难懂，即便读了很多遍也有许多不明之处。刚才辻原先生以作家的直观感受，结合“晚熟”“纯语言”等概念简单明了地为我们做了诠释。“纯语言”是本雅明独特的概念，是否真有这个概念，可能有人会有所疑惑。从中，本雅明提出以破碎的坛子做比喻的观点，也就是说原著和译本就像是一个破坛子的碎片，原著和译本完美地无缝粘连在一起后才是一个完整的东西。他描述的就是这种意象。

在现代翻译潮流中，他的观点也有过激之处。一个就是将原文浅显易懂地加以解释，翻译成通顺易懂的文本，这一点是他明确强调的。如果把这个观点带到现代古典新译的潮流中的话，可能觉得有点过激，是原教旨主义的，有很多人不能接受。但确实有后世的许多译者受其影响，翻译了反映一些国家的不同的语言状态的译著，这些译著和原文融合促成了作品自身的成长。或者说，通过译本，将原文再加工并解读，使作品本身更具有可读性。这是世界文学很重要的一环。

日语的变化改变翻译的个例

沼野：具体地对翻译的作品评短论长地说好与不好，这个有点不太适合。最近出现了古典新译并再解读的动向，想必辻原先生也读过很多相关资料吧。有没有什么保留意见呢，比如翻译得新颖易懂很好啦之类的。我想也不太好说。有些人会认为原译本比较好，虽然有点陈旧但是有古典气氛。就拿陀思妥耶夫斯基的作品来说，以前有米川正夫这位俄国文学翻译巨匠的译本。米川正夫是明治时代的人，早已去世。我曾用恶语评论过他的译本有点过时令人不太喜欢，现在反而有人怀念他的译本。塞林格的译本以村上春树最为出新。他将《麦田里的守望者》的题目按英文原文用片假名表示，推出了片假名英语题目的风格，形成了让村上文学狂热者无以评说的现代村上风格的文体。另外，此前同样由白水社出版的野崎孝先生的译本也不错，甚至有人说因为村上译本的出现才显出野崎译本的好。所以对新译本的接受也是有各种各样的意见。对此，您怎么看呢？

辻原：原著的语言用其他语言翻译出来，后又再翻译。日本反复出版各个译本，这是一件非常奢侈的事情。虽然作为读者可以阅读不同的版本，但确实是有点夸张。欧洲的话，应该不会这样的吧。例如谷崎润一郎的《钥匙》被翻译成法语，那么，二十年、三十年后，将这一作品再重新翻译，我觉得他们好像并不会这么做。

沼野：其中的差别之一，我觉得是日语变化快的问题。不能说是好还是不好，日语在这二三十年发生了很大的变化，确实有必要用符合当时的时代语言去翻译。现代年轻人很难读懂明治时代的日语，即便是夏目漱石、森鸥外的作品也有很多人读不懂。从这点上来说，日语的变化是可能有点夸张的。

如果以俄国文学为例来说的话，19 世纪末到 20 世纪初，类似于日本的米川正夫那样的英国著名古典文学翻译家康斯坦斯·加内特，翻译了很多俄国作品，使用的是维多利亚时代留存下来的“高雅”的英语。所以纳博科夫等人在阅读加内特的译本时，对她的译本提出了异议，说：托尔斯泰、陀思妥耶夫斯基的作品同样用的是这种高雅的英语，无法体现出区别。但是，即使是现在读来，加内特的译本也仍然是浅显易懂的。所以说百年前的俄国文学的英译本现在也十分受欢迎，这点与日本的情况不同。无论怎么样，像日本这样需要新译的情况在英语圈也许是不存在的。

不过，最近在欧洲日本文学的研究水平和理解标准都有所提高，体现在《源氏物语》上，有多个译本。夏目漱石的《哥儿》也有三种英译本。与其说是原作品晦涩难懂，不如说是思想顽固的学者很难翻译出其独特的幽默感，所以为了准确表达作品的风格，需要重新翻译。但现代小说，或者是近现代小说，本身就相对来说容易读懂，所以一般是不会考虑再译的。

辻原：日本有许多种翻译版本。我有三四种福楼拜的《包法利夫人》译本，陀思妥耶夫斯基的更多。虽然日语发生了变化，可是我认为语言的根基没有变，而且近千年以来都没有变。千年以前的《徒然草》《方丈记》《源氏物语》等作品，即使不用一个月，现代人也都可以读懂。千年前还没有英语，也没有法语、俄语啊。

沼野：有古斯拉夫语。

辻原：从这个意义上说，日语看起来像是变了，但是本质上也可以说没有太大的变化，由此翻译成多种版本也是很难得的。

至此，我们列举了迄今为止的译本和新译本的例子，陀思妥耶夫斯基作品的译本有米川正夫的，之前还有……

沼野：最初是内田鲁庵吧。他曾转译英文版的《罪与罚》。俄国文学的翻译者每一代都层出不穷，仅陀思妥耶夫斯基作品的译者就不下十人吧。以米川正夫为首，还有中村白叶、原久一郎、神西清、工藤精一郎、池田健太郎……现代的有原卓也、江川卓、木村浩、小笠原丰树等。原先生、江川先生是我老师的一代，至此可知同一作品的新译本层出不穷。

辻原：我读的是池田健太郎的译本。

沼野：那个好像是收录在中公出版的全集里。

辻原：最近，读了亀山郁夫的新译本。我去年有幸大约在半年的时间里一直读《卡拉马佐夫兄弟》，时隔数十年再读池田先生的译本，之后读了龟山先生的译本（光文社古典新译文库，《卡拉马佐夫兄弟》1—5，2006—2007 年）。我的一个朋友最近终于通读了龟山郁夫译本的全卷，当时他评论说“非常有趣，而且通俗易读”，我说“那是因为你还没有读完吧”，他说“哦，读了一半”。但是，实际比较着读了后，感觉并没有想象中的差别。池田健太郎译本和龟山译本并没有多大的不同。最大的不同之处就是书中文字字号大小，因此周围有很多五六十岁的人读完后觉得很有趣。

今天我想举例说的不是陀思妥耶夫斯基，而是想具体谈谈司汤达作品的情况。

我这里有三个《红与黑》译本。分别是新潮文库的小林正的译本（1957 年）、讲谈社文库的大冈升平和古屋健三郎的译本（1972 年）、光文社古典新译文库的野崎欢的译本（2007 年）。野崎译本出版的时候，我把这些译本又重新读了一遍。《红与黑》已经读过几十遍了，但野崎译本出版的时候，我将几个版本彻底地做了比较，我觉得野崎的译本比较好，且非常有趣。《红与黑》有我非常喜欢的一个场面，就是雷纳尔夫人这样一位已婚女性角色的登场。在各种名著的已婚女性之中，我比较喜欢福楼拜《情感教育》中的阿尔努夫人、司汤达《红与黑》中的雷纳尔夫人、安娜·卡列尼娜。这位雷纳尔夫人为孩子们请来一个十九岁的名叫朱利安·于连（小林译本和野崎译本中是朱利杨·于连）的家庭教师。于连虽是个有野心的人，但最初也只是作为一个初出茅庐的乡村少年来到雷纳尔夫人家的。看到因为某件事而脸色苍白、哭丧着脸的于连站在门口不按门铃的样子，雷纳尔夫人心生怜悯地问：“少年，有什么事吗？”虽然夫人眼神中充满了温柔，但于连骄傲之心仍占据上风。数月后，他嘴唇贴近夫人的耳边，悄声说：“夫人，今晚两点，我要到您房间去。有事情想跟您说。”刚来不过数月，就说要去夫人的房间，确实是有点厚颜无耻。作为市长夫人，雷纳尔夫人有孩子，温柔、善良，所以对于她如何回应于连的，是非常值得推敲的。

读野崎译本之前，我们先来读一下小林正的译本。

（朗读）

ジュリヤンのずうずうしい失礼千万な言葉に対して、レーナル夫人は、すこしも誇張ではなく、本気で腹を立てて答えた。その短い返事に軽蔑がもっているように思われた。ごく低い声ではあったが、まあ、なんてこと！という文句が聞き取れたのは確かだ。

对于连这厚颜无耻至极的语言，一点也不夸张，德莱纳夫人真的很生气地回答，用极低的声音说：“啊，什么！”简短的一句话也满是轻蔑。真真切切听得到这句话中的不满。

（本书译者根据日本版翻译，下同）

因为是“低声”，所以是嘟囔地说“啊，什么”。下面是讲谈社文库的大冈升平和古屋健三郎的译本。

ジュリヤンが口にしたこの不躾きわまる言葉に対し

> て、レーナル夫人は心から腹を立てて答えをかえした。そこになんの誇張もなかった。ジュリヤンはその短い返事のなかに軽蔑がふくまれていると思った。低い声だったが、「まあ、なんてことを」という文句があったのは確かだった。
>
> 对于连脱口而出的不恭敬的话语，德莱纳夫人内心是非常生气的，不夸张地说，简短的回复中充满了鄙夷，虽是很小声，却也真真切切听到了“啊，什么呀”。

把小林正译本的“まあ、なんてこと!”（啊，什么!）变成“まあ、なんてことを”（啊，什么呀），只是微妙的变化，说没有大的变化也不为过。三十五年后野崎译本是这么翻译的：

> レナール夫人はジュリヤンのずうずうしい、向こう見ずな提案に、誇張ではなく本気で腹を立てて答えた。ジュリヤンには手短な返事に、軽蔑の念がこもっている気がした。小声で発せられた返事の中に、「何よ、まったく」という言葉に聞き取れた。
>
> 雷纳尔夫人对于连这厚颜无耻的、不计后果的话语，一点不夸张，她非常生气地回答了。于连感觉到那回答虽简短，却充满了轻蔑。他听到很小的声音：“什么呀，真是的!”

和前两个译本似乎很相似，但我觉得这是很完美的翻译。与

小林先生的译文"まあ、なんてこと!"(啊，什么!)和大冈先生的译文"まあ、なんてことを"(啊，什么呀)不同，野崎先生的译文"何よ、まったく"(什么呀，真是的!)，是现代日语的口语体，很鲜活。这正是译者的技巧。

沼野：辻原先生您刚才说到日语即便过了千年也没有什么本质上的变化，确实如此。就像人会根据潮流换衣服一样，语言也会有些许的变化。雷纳尔夫人的话语，也就是小林先生译成"まあ、なんてこと!"(啊，什么呀!)的那个时代，是当时的女性的说话方式。随着年代的变迁，野崎先生译成"何よ、まったく"(什么呀，真是的!)，是不是也是因为现代人的语言习惯发生了变化呢？

另一个话题，日语研究者中村明编著了《日语语感词典》(岩波书店，2010年)，简明易懂地解析词语的微妙语感。中村先生虽然比较年长，但却非常推崇小津安二郎。经常引用说小津安二郎的电影中登场的女性人物的语感非常恰当。可是这些词语现代日本人几乎都不太使用了。从这个意义上来说，语言是随着时代改变而变化的，翻译时也必须要时刻牢记这一点。

辻原：特别是对话语言。读了莎士比亚作品的小田岛雄志译本后，再读坪内逍遥的译本，意思完全相反，这点很有意思。

沼野：有时翻译得太过顺畅，读者反倒会说失去了原文的那种韵味，绝妙的译文会被评价为"意译太过"，现在读者的口味也真是刁钻啊。译者真的是很不好做啊。

再读《天赋》

辻原：七八年前，有幸受沼野先生邀请，参加了关于纳博科夫的研究会。

沼野：是的，“日本纳博科夫协会”邀请日本作家及喜欢纳博科夫作品的读者，举办一年一度的大会，可是在大会上发言的人少之又少。那个时候真是非常感谢。

辻原：主题是“讨厌纳博科夫的纳博科夫主义宣言”。虽不喜欢纳博科夫，但却又迷上了纳博科夫。沼野先生最近翻译了纳博科夫的《天赋》（《池泽夏树　个人编集　世界文学全集 2》，河出书房新社，2010 年）。我最初读《天赋》是在二十一岁，读的是白水社的《新世界文学》（大津荣一郎译，1967 年）。

沼野：大津译本是非常早的，是英译本的转译版。原著是 20 世纪 30 年代用俄语写的。英译本出版是在 1963 年。纳博科夫因《洛丽塔》在国际上盛名远扬而出版了英译本。可是当时如果《洛丽塔》没有出版的话，估计任何出版社都不会推出如此难懂的小说的英译版。日译本推出是在英译本出版四年之后。如此难懂的小说仅仅用四年就被翻译出版，是很厉害的。当时介绍最新的世界文学的热情比现在要高涨得多吧。

辻原：《天赋》是我比较喜欢的纳博科夫的小说之一，沼野先生的译本有一部分我用铅笔标注出来了。主人公的父亲是鳞翅昆虫学家、探险家，“我”在白昼梦中去追寻父亲的中亚之旅，有一段表现笔者“我”的场景，其中有这样一节，我们读一读。

（朗读）

その先にぼくは山々を見る。天山山脈だ。山越えの峠道を探して（聞き取り調査から得られたデータは地図に書き込んであったが、実際に踏査するのは父が初めてだ）、キャラバンは激しい絶望や狭い岩棚を登り、北に下がって夥しい数の若いサイガ（中央アジアの草原に住むレイヨウ）たちがひしめく草原に出て、それからまた南のほうに登っていき、急流の浅瀬を歩いて超えたかと思えば、なみなみと水をたたえた川を苦労して渡り、一路上へ、上へとかろうじて通れるような小道を進んでいった。それにしても、なんという日の光の戯れだったことだろう！空気が乾いているせいで、光と影の違いが驚くほど鮮やかなのだ。日なたではすべてがぱっと燃え上がり、きらめきがあまりに夥しいので、時に断崖にも小川にも目を向けることができないくらいだ。ところが、日陰では暗闇が細部を呑み込んでしまうので、あらゆる色彩が魔法のように生命力を増し、馬もポプラの涼しい木陰に入ると毛の色が変わってしまった。

> 我看到远处有很多山峰，那是天山山脉！于是开始探寻山道（实地调查得来的数据标注在地图上了，实际上勘察的第一人是父亲）。骆驼队登上陡峭的绝壁和狭窄的岩石架子，往北下坡有数不清的羚羊（中亚草原上生活的羚羊）群熙熙攘攘地奔向草原。然后又向南攀登而上，跳跃过湍急的浅川，千辛万苦地渡过河水满溢的急流，一路向上，向上，艰难困苦地穿过极难踏足的小路。即便如此，这是阳光的恶作剧吧。许是空气干燥的缘故，光影之差异常鲜明，阳光照耀之处无不在燃烧，光芒万丈，以致炫目无法目视断崖、小河。可是背阴处阴暗吞噬了一切，所有的色彩犹如魔法一般增添了生命力，就连马儿一到了凉爽的白杨树荫下毛色都变了。
>
> （本书译者根据日文版翻译）

这是一部充满丰富多彩的场面和描写的小说。沼野先生翻译《天赋》是在哪一年呢？

沼野：出版是在2010年。刚才的翻译很好啊。现在都不知道能不能翻译成那样了。

辻原：接下来的一段，我们读长一点的吧。

（朗读）

> 峡谷の水の轟きには茫然とさせられるほどで、胸も頭

も何やら電撃による興奮のようなものに満たされた。水は恐ろしい勢いで流れていたが、最初は溶けた灼熱の鉛のように滑らかだった。しかし、早瀬に辿り着くと、突然，怪物のように膨れ上がり、色とりどりの波を積み上げて狂ったようにうなりながら石のきらめく額を乗り越え、三サージェン（約六・四メートル）の高さから虹をくぐりぬけて闇の中に落ちて行った。その先では、流れ方も変わってしまった。ごぼごぼと沸き立つような音を立て、水しぶきのせいですっかり灰青色の雪のようになり、そのまま礫岩の峡谷のこちら側、あるいはあちら側にぶつかっていくので、さしもの山の要塞もうなりをあげ、持ちこたえられないのではないかと思えたほどだ。その一方で、至福の静寂に包まれた山の斜面では アイリスの花が咲いていた。そして突然、モミの森の暗がりから目もしらむほどまばゆい高山の草地にアカシカの群れが飛び出してきて、立ちとまり、身ぶるいをし……いや、これは空気が震えていただけだ。アカシカたちはすでに姿を消していた。

翻译得太好了！

峡谷中流水的轰鸣声让我茫然，犹如被电击般的兴奋充盈了胸膛、大脑。水流汹涌，最初如滚烫的熔铅一般光滑。但是，好不容易到达早濑。突然，像个怪物似的膨胀鼓起，堆起五彩缤纷的波浪一边疯了一样吼叫一边跨越闪闪发光的石头，从约六点四米高处穿过彩虹落入暗处。之后流水也变了方式，发出咕嘟咕嘟的冒泡声，许是水花四溅的缘故，完全变成了灰色的雪一样，就那样撞向悬崖峡谷一侧，或另一侧，那山的要塞发出呻吟，我甚至担心自己是不是坚持不住了呢。另一方面，被无上的幸福的寂静包围的斜坡上鸢尾花正盛开。突然，从冷杉林的暗处跳出令人目眩的鹿群奔向耀眼的高山草地，停住，发抖……不，这只是空气在颤抖，鹿群已不见踪影。

（本书译者根据日文版翻译）

沼野：谢谢。即便是自己翻译的，因为翻译时比较痛苦，所以觉得翻译得不会很好。不过听刚才辻原先生朗读后，没想到还有一些好的地方，反而吃了一惊。翻译嘛，即便是自己译的也会忘记。原著虽然很复杂难懂，不过刚才听您读后，感觉还是一篇姑且能够理解的文章，略微安心。也有一些复杂难懂的文章，即便朗读出来也不太能理解。刚才我想到一个问题，这是辻原先生喜欢的小说，辻原先生您自己的《阴暗之处》（文艺春秋，2010年，现春秋文库）这部小说，是否从《天赋》中得到什么灵感了呢？

辻原：我记得当时为了写那部作品，史蒂文森的呀、纳博科夫的《天赋》等作品读了很多遍。

何为“要点”，何为“效仿”

沼野：那么，马上就要进入结语部分了。我们谈一谈与刚才的话题相关的最后一个话题，我想辻原先生在写小说的时候，世界文学、日本古典文学都是您创作灵感的源泉吧，另一方面，读者不明白要与实际生活契合到什么程度，应该有自传性质的因素融合其中吧，您将这两者如魔法般融合到了一起。

拜读了辻原先生所著的小说讲义、评论，经常出现作品的“要点”一词，“效仿”一词也经常出现。“效仿”这一说法，与“仿作”不同，可以理解为模仿好的作品吗？这个问题也请您回答。另外您欣赏的作品，如亨利·詹姆斯的《螺丝在拧紧》，这是个有点类似于鬼故事的有意思的小说，效仿这个，或是效仿普鲁斯特作品的章节，都是作为技巧被广泛应用。对前人作品的致敬，或者效仿，对辻原先生的文学而言是不是一个重要的因素呢？还是，您认为小说原本就该如此呢？

辻原：不仅是小说，我们对事物的思考方式也是在效仿前人。语言一定是外部输入的，基本不会是由自己产生的。所以如何将外部输入的东西再展现出来，这是需要我们反复斟酌的。而且这不仅仅限于小说、文学。我们在思考事情的时候，不仅效仿语言，还效仿自己的父母亲、祖父、友人，或者是通过书读到的传记人物，我们就是在一边效仿一边生活的。极端地说，就是如此。小说是其中与我们的人生息息相关的艺术形式。我们每个人的经验有限，伟大的人去大冒险，拥有丰富的人生经验。而通常我们大部分人都是过着平凡的人生，所思考的也不过是平常的事情。不过如果放进书中，我们的世界就扩大了千倍、万倍，不用它就觉得损失了什么似的。前人所描述的世界按照我们自己的思维去解读，如何再将其表现出来的时候，“效仿”是最有效的方法。效仿是模仿，重复相同的事情就会发生点什么吧。比如：抄写森鸥外的《涩江抽斋》的一部分，并不仅仅是抄写，抄写时一定会产生批判精神。一边抄写森鸥外的文章，一边“正在写的我”就会思考这篇文章的构思。或者是通过这篇文章“创作的我”会发生点什么。矛盾、融合中效仿本身就成了评论、翻译。将这个如何变成自己独特的作品，这又是另一个话题了。

基本上任何人都在效仿，不仅是小说，我们的人生也是在效仿，并不是说自己中有“这是我”这样的自己，而是每当有各种不同的人进入自己的世界时，都会重新自我塑造。这是我的人生观。

沼野：为了更好地效仿，就必须阅读大量好的作品，所以这就与“大家一起读文学”联系起来了。

辻原：刚才有关“概要”的话题，和“效仿”一样，小说是不能“归纳”的，只要换个视角来看就好了。比如纳博科夫的小说《天赋》，要归纳这部作品，是很难的。也许会觉得还是不要做那种欠斟酌的事情了。不过归纳这项工作是在构思这部作品的精髓。反过来说，如果不做归纳总结，就不能抓住这部作品的精髓。反复阅读并沉浸在某个世界里固然是快乐的，可是不归纳总结，就会有无法掌握的东西。这样说来，归纳总结是一种阅读方法，是评论性的阅读方法。

评论性的视角，对写小说、要展现的人物是非常重要的。所以是否是好的归纳总结我们另当别论，归纳总结对按照自己的思维方式捕捉作品的精髓是有用的。

另外一点，在准备效仿纳博科夫的《天赋》时，即便还没有到语言化的阶段，如果纳博科夫《天赋》的小说场景已经在心中浮现的话，也就是最初说的，如果在海底获得了一个漂亮的东西，那就已经是归纳总结了。作者最初有概要，只是还没有成形。本能地、感性地、想象地抓住那满是精髓的东西，思考如何做才能将其变成一部作品的时候，就会推敲斟酌出很多个方案，结果如果能够完成一部作品，我们读这部作品然后归纳，和作家从总结到形成作品，正好是相反的思维方式。这里有个世界，读者去总结；而作者要先有"要点"，基于这些"要点"扩展成一个具体的作品世界。需要这样的往来运动。这个往来运动与好作品的产生是相联系的，我也未必能做得很好。

沼野：辻原先生的书评会给我们呈现出作品最本质的东西、最有趣的东西，那么为了使讨论进行得更有趣一些，当然不是反驳，想请教您最后一个问题。

一般来讲，说"要点"容易让人想到的是归纳内容梗概，社会上有非常简单的指南，比如《十分钟读懂〈罪与罚〉》。日本的大学不太要求提交报告，可是如果要求写一篇关于小说的报告，有很多人会读读概要应付了事。美国更甚，期末报告虽然提出非常严格的要求，但却有一些人连《战争与和平》都不读，写个摘要就草草了事。说到“摘要”，给人一种可以不读小说就能蒙混过关的不良印象。这与刚才辻原先生所说的“要点”是有本质的不同的，比如我非常喜欢经常引为例证的一个故事。

托尔斯泰在写完《安娜·卡列尼娜》后，收到了一封来自俄国的某位评论家的信，信中说：“你想在这本小说里表达什么？请告诉我！”托尔斯泰这样给他回复：“我在这本小书里想要表达的，如果重新解释的话，我就必须从头到尾再重新写《安娜·卡列尼娜》。”这个答复中，托尔斯泰想说的是，所谓小说要表达什么，不是一个要旨就能还原的。因为它是一部完整的作品。所以那个问题本身就是很愚蠢的。托尔斯泰这话乍听起来像是说不能归纳。辻原先生您是怎么看的呢？

辻原：“你想写什么”这个问题与我说的“概要”完全是两个概念。我所说的“概要”，是指仔细研读，研读后捕捉其精髓。所以我也是与托尔斯泰站在同一立场上的，如果我被问到这个问题，我想我的回答和托尔斯泰是一样的。

沼野：大学考试的日语试题中，经常出现这样的题目：读文章，用三行的篇幅概述作者想要表达什么内容。我早就认为这个问题是与文学的本质相悖的。“概要”这一词语应用在很多层面，容易让人混淆。辻原先生说的“效仿”“概要”，原本是与国语考试题目的着眼点不同的东西。所以，大家不要觉得读了“概要”就是读了作品哦！

我读了辻原先生写的“概要”，反而更想去读作品。即使是读过一次的作品，看辻原先生的"概要"也觉得新鲜有趣。"辻原魔法"看起来有趣，这是真的吗？就想再去读一遍。从这个意义上来说，辻原先生具有像魔法师一样的才能。当然，辻原先生的小说，正是基于这些写作技巧之上，构建了一个本质上拒绝"概要"的世界。

古典，越读越有趣

沼野：我们两人的谈话就到这里，接下来是在场来宾的提问。

提问者 A：想请教辻原先生，关于"深度解读"这个词语，是指作者只说到这个程度，而评论人却要更深入地思考、探究，这样带有些许负面意义的解释呢，还是指正面意义的深入理解呢？辻原先生您是如何理解的呢？

还有一点，是很久以前的故事了。韩国诗人金素云，岩波书店出版其《朝鲜诗集》和《朝鲜童谣选》时，北原白秋大赞其有诗心。虽是韩国诗人，却出版日文诗集，北原白秋又对其大加赞赏。按今日所说，可能有比原著更优秀的翻译，甚至超越原著的翻译吗？

辻原：深度解读有褒义也有贬义，也可以说"过度解读"。文学上的读书，作者对一个场面考虑到何种程度，在想象的世界中如何虚构那个场面并表现出来，读者基本是不会了解的。所以因一句话而被刺激到的读者，深度解读的结果是被作品激发而产生联想，如果与整部作品相一致，那么当然就算是批评也好，这在作品论上是成立的。

虽说是神的视角，但不是只有作者才能称为神的。即便是自己的作品也不是只能被自己控制。读者会从意想不到的章节创造出意想不到的世界。所以正面意义上的深度解读，我认为在读者的世界，或者读书参与方的世界被恰如其分地表现出来时是成立的。不过，也有被过分歪曲的深度解读，我觉得有必要与此划出一条界限。

第二个问题原本是想问能否通过翻译，翻译出比原著更优秀的作品。但您刚才说了金素云用日文写诗这个情况吧。

沼野：他是韩国人，但是十分精通日语。一般来讲，翻译是将外语翻译成自己的母语，他则相反，翻译成了日语。那是语言能力的问题，一般对自己来说能完全掌握非母语的外语，或者能完美地运用两国语言，这种情况在世界范围内也不多见。比如俄国文学翻译家龟山先生呀，我呀，虽说会俄语，但是还不能达到将过原先生的小说译成俄语的程度。可以说这也算是例外吧，特别是日语和韩语非常相近，所以如果是这两种语言的话，能完美运用的人比较多。

刚才的问题：翻译是否能超越原著。一般来讲的话，这里要谈谈过原先生讲的本雅明的“晚熟”理念。也就是说，自原著被写成之后，随着时间的流逝，在不同语言圈的不同国家被翻译，在那里又捕获了新的内涵，这种情况是有的吧。所以，虽说很罕见，但是非常优秀的翻译家会创造出译本本身作为作品的价值。比如日夏耿之介的诗歌翻译，即便和原作相差巨大，但其译作本身确实是一部优秀的独立作品。

美国文学研究者、翻译家柴田元幸，他翻译作品的作者是在日本很受欢迎的美国作家，比如，斯图尔特·戴贝克、丽贝卡·布朗等，在美国只是二流作家，后因为柴田元幸的译本而在日本被熟知。这种情况虽少见，但确实存在。

辻原：的确，读了戴贝克的柴田译本后，感觉比英语的原著更有意思。

沼野：是的，至少戴贝克在美国并不是被大家广为熟知的作家，虽然他也是非常出色的作家。

辻原：丽贝卡·布朗也是在美国只有少数人知晓的作家，译本也超越了原著，也很不错，很有意思啊。

提问者 B：如果翻译辻原先生的《游动亭圆木》（文艺春秋，1999 年，现文春文库），您认为有可能吗？如果译成英语，您觉得会如何呢？

辻原：是一本有意思的小说，英语文学圈的人没有翻译那本书的意愿，真的很遗憾。或者当作一个挑战，又不是歌舞伎的剧本，也不是很难懂的日语。我觉得是可以的，当然会与原著有差别，希望翻译者承担其使命将它翻译出来。

沼野：辻原先生的小说，特别是故事性较强的长篇小说，翻译本身没有什么困难，只是故事背景，比如说中国和日本固有的历史啊，外国人如果不太了解的话，翻译起来就有一定的难度。比如司马辽太郎，他可以称作是日本具有代表性的国民作家，其作品很少被译成外文，我想原因之一是作品中年代久远的东西太多了。但是，外国日本文学研究者的水平却是惊人的高。不过无论何时，英语文学圈的读者都只能轻松地“享受”那些浅显易懂的译本，这该如何评价呢？出版社多被商业利益束缚，无论怎样都还是想出版畅销书。可是翻译者中一定有具有挑战精神的，做知难而上的翻译者。今后，期待着辻原先生的文学作品能够跨越语言障碍，也被翻译成多国语言。

提问者C：喜欢读书的人，初高中生程度的基本没看见过。家人受我的影响喜欢读书，可是要么说太简单，要么就仅仅阅读那些刚获得文学奖的易懂的流行作品。一位立志要成为作家的朋友，也只是阅读那样的作品。我本人对为什么只读那样的作品理解不了。

沼野：这是非常严峻的问题，我们每天都在与之作战。今天的讲演也是旨在希望大家能多读书。我是一名大学教师，辻原先生也曾在文艺科任教很长时间，每天和学生们接触，学生们确实都不怎么读书了。图书渐渐被电子化，也许像从前那样的纸质图书的时代正慢慢消逝。辻原先生的《在东京大学学习世界文学》文库版的后记上也有解释。比如辻原先生提出的“燃尽的小说”，给人以鲜明的印象。但是“燃尽”是因为纸质版印刷，如果变成没有纸质版的媒介会怎么样呢？虽说纸质版的形式不在了，但并不是书也没有了。读古典文学的人越来越少了。就像刚才说的，我觉得鲜明的征兆就是，连立志成为小说家的人都不读古典文学了。看那些挑战新人奖的年轻人的作品，有的甚至连现代文学都不读的。认为把自己想的写出来就可以的人不在少数。所以怎么办呢？未食而厌般一无所知地终结？还是我们再努力努力，引导大家进入有趣的阅读世界？怎么办呢？辻原先生，您认为呢？

辻原：说到这儿还没有想到好的计划。感觉没什么办法呢。想读书的人请一定要读哦。我也不是很绝望，至少我现在仍然是手写。

沼野：一点都不用电脑吗？

辻原：不用啊，我担任公寓自治会的会长职务，也只在那个时候才用。

沼野：古典文学绝对是越读越能发现它的乐趣。如果有再多一些的人发声把大家引向古典文学就好了。

提问者 D：就纳博科夫的《天赋》想请教您，这本书读过之后没有太明白写了什么。沼野先生为什么会想翻译这本小说呢？另外，请教辻原先生，这本小说的概要或者说精髓在哪里呢？

沼野：真没有想要翻译这么难的作品，实际一做，整整花费了我两年的时间。做了非常详细的注释，也花费了很多时间。翻译时觉得太难，就想应该不会有人读吧，恐怕也没有人评论吧。可是，这样精致的语言艺术作品，不管怎么样，自己先读吧。先做到理解外语，然后作为研究者对其加以详细的注释。也许普通的读者也不需要那些注释，所以仅仅是个人的看法，过分点说，这是作为外国文学研究者的自我满足。姑且做了，对于自己来说有没有读者评论都是次要问题，平时多是做一些无意义的事情，也想偶尔留下一些这样的工作痕迹。

某个外国文学学者以什么为契机在哪家出版社出版哪位作家的哪部作品，关于这些，一般都是鲜为人知的，这本书也是如此，作为池泽夏树的个人编集的世界文学全集第一卷，为什么会编入也是有不能为外人知道的情况，以后有机会找个不公开的场合再跟大家说说。

辻原：归纳这部作品是非常大的工程，也没有归纳过。要说为什么二十一岁时的我读了这本书就入迷的话，是因为纳博科夫是离开俄国而流亡的人。他试图在作品中再现他的青春，哺育他的俄罗斯文学世界，或者再也回不去的俄国的土地。虽说是虚构，作品中出现了母亲、俄国的友人、中亚等描写对象，其中对去追蝴蝶的父亲的形象进行了细致的描写。这个主人公自己回不去俄国，但是有打开俄国大门的钥匙。也许一百年后或者两百年后，不管到什么时候，主人公认为自己会因自己的书而再回俄国。

这种文学——寄托了全部人生的文学，是他在接近不惑之年时写的。这份热情不仅仅是对文学的热情，更是对祖国，自然，自己读过的俄国诗歌、小说，父亲、母亲、恋人等所有事物和人的一个表现。将这些都写进自己的书里，写的那本书里有自己回到俄国的场景。我自二十一岁时就一直想写小说，因为充满挫折的青春。在这部作品的世界中，作者寄托的想回却回不去的思念之情，教会了我以后的生存方法。书中"去自己想去的地方"这个部分给了我极大的勇气。

虽然不是总结，但某种程度上还是抓住了这本书的精髓。

沼野：非常感谢您，今天的谈话就到这里吧。

第四章
惊人的日语、出色的俄语
—视线越过地平线—

——罗杰·裴费斯与沼野充义的对谈

我之所以放弃做美国人

罗杰·裴费斯（Roger Pulvers）

作家、编剧、导演，1944 年出生于美国。目前他获得了澳大利亚国籍，居住在悉尼。他精通英语、日语、俄语和波兰语，并从事着与这些语种相关的各种文化活动。他一直从事着英文和日文双语的创作活动。2013 年，凭借宫泽贤治《诗选：不畏风雨》的英文译本而获得了野间文艺翻译奖。主要著作有小说《旅行的帽子——小说拉夫卡迪·赫恩》《大米》《一半》《星砂物语》，自传《放弃做美国人的我——视线越过地平线》，随笔《惊人的日语》《如果没有日本这个国家》等。

越境人生的多重足迹

沼野：这次采访对话，也是新学期研讨课程的第一课。罗杰先生居住在澳大利亚，虽然也经常往返于日本和澳大利亚之间，但他在日本的时间却很有限，而且也忙于各种事务。因此，我们利用本课程计划，配合罗杰先生的时间安排，而且对于我们这些听众来说也是比较方便的时间，实现了今天的采访。

罗杰先生出生于美国，是犹太人。毕业于加州大学洛杉矶分校，后来在哈佛大学研究生院学习了俄国学。他精通俄语和波兰语，当然，他也精通俄罗斯文学和波兰文学。自从 20 世纪 60 年代末来到日本以后，他先后担任了京都产业大学和东京工业大学教授，同时活跃于音乐、戏剧和电影等各个领域，日语著书也有很多。我今天带来的这个书包里装得满满的，都是他写的书，但这也只不过是他出版的著作中的一半而已。

前面，我已给大家稍稍详细地介绍了一下罗杰先生的经历。至于罗杰先生迄今为止所经历的各种各样的有趣故事，一会儿会由他本人给大家做生动、详细的说明，因此我就不在这里多说了。他对日语、日本文学也有颇深的见解，特别是在宫泽贤治作品的研究和翻译方面，做了很多重要的工作。他曾于 2013 年凭借英译诗集 *Strong in the Rain*：*Selected Poems* 获得了野间文艺翻译奖。他最初来日本是在二十三岁的时候，他自己曾说过日语是他的 second nature，也就是第二天性。

最近，日语说得好的外籍日本文学研究者也不怎么稀奇了，这样的说法也许不太好。在日本，曾经有“一听到外国人开口说日语就吓一跳”的时代，但最近没有了。尽管如此，罗杰先生还是有其过人之处。我觉得很了不起的是，他的视野之广，不仅仅是日语，包括俄语和波兰语的文化背景都有很深的理解。就我个人来说，会日语、英语、俄语和波兰语这四种语言，这一点上我与罗杰先生完全相同。抛开我自己先不讲，从以前开始我就觉得，能够精通不同组合的语言是不可思议的。与我在这几门外语方面的整体水平相比，罗杰先生对每一门语言的掌握都比我强得多，但不管怎样，我们所掌握的语言种类一致，日英俄波，十分独特。

罗杰先生写小说，写随笔，也写了辅助日本人学习英语的书，他写剧本，演戏剧，而且还涉足电影。他还在大岛渚导演的《战场上的圣诞快乐》（1983 年）——坂本龙一、北野武、大卫·鲍伊等人出演的日本、英国、澳大利亚以及新西兰一起合作的这部国际电影中担任副导演。他在很多领域表现活跃。他在日本住了很长时间，年轻的时候去过俄罗斯，去华沙大学和巴黎大学留过学，即使现在获得了国籍并居住在澳大利亚，仍和以前一样，从事着跨越国境的国际化的文化活动。

对于四种语言，他不仅是熟知，还用日语和英语写作，把日语翻译成英语。所以我有很多想跟您聊的话题、想问您的问题。今天，在您出版的超过四十种的著作中，我放弃了语言类相关的书，选择了偏文学的书。

作为铺垫，我要再补充一点。最近您也写了很多书，其中有一本叫《惊人的日语》(早川敦子译，2014年）的书，是集英社国际出版的“知识的徒步旅行”丛书中的一本。集英社国际稍早前出版过一本《如果没有日本这个国家》（坂野由纪子译，2011年）的书，还有一本叫作《从贤治开始，全世界都与你连接在一起》(森本奈理译，2013年）的书。最近日本人越来越没自信，而这些关于宫泽贤治的书则对日语和日本文化给予了非常强烈的肯定，认为日语是非常优秀的。真想让那些过分地宣扬“国际化”“全球化”等空洞信息的教育部和东京大学的大人物们都来读一读这本书。还有很多人单纯地认为只要会英语就是“国际化”，所以从英语母语的人口中直接说出“日语是非常棒的”，我认为这是很有分量的。

不仅如此，裴费斯先生还用日文写小说和戏剧，也有尚未出版发行的单行本的优秀作品，例如《文学界》（2012年4月号）上刊载的《星砂物语》等。多数都是以战争年代的冲绳为背景的故事，我认为《星砂物语》这是一部非常重要的作品。这个作品是您自己用日文写作的吗？

裴费斯：是的……

沼野：真希望能够尽早出版。（预定由讲谈社于2015年出版发行)。我在您的书中最喜欢的一本书是自传随笔《放弃做美国人的我——视线越过地平线》（堤淑子译，Saimaru出版社，1988年)。现在很难弄到手了，真希望能再版发行。听说您已经下了不少功夫了。

裴费斯：我出生于美国，从哈佛大学研究生院去了东欧的华沙，也去过苏联时代的俄罗斯。从那次经历中，我体会到，与其住在大国，不如住在所谓的边缘国家，更符合自己的性格特征。因此，我回顾了离开美国后在异国他乡度过的这段时间，对于为什么会那样，我想找到自己的答案，所以写了这本书。人们生活在各种各样的轨迹上。那么，我为什么要放弃做美国人呢？书名中的“视线越过地平线”就是一种回答。

来日本之前，被卷入了间谍事件

沼野：您在哈佛学过俄语吗？

裴费斯：学过俄语和苏联近代史。但是，因为反对越南战争离开了美国，在华沙大学和巴黎大学留学之后来到了日本。我是1967 年第一次来到日本的，这个教室里的大多数人那时候还没有出生。已经过去四十多年了，当时的日本首相是佐藤荣作。

那时我完全不会说日语。当时还没有成田机场，羽田机场当时还是国际机场，所以第一天晚上，我在离机场较近的目黑区住了一宿。目黑站的周边有很多小摊，第一天晚上偶然进去的是关东煮的摊位。所以，对我来说，最初记住的日语单词和日本的食物是“竹轮”。

之后，幸运的是，在当时开设有俄语和波兰语两种课程的京都产业大学任了教。那时候，同时开设俄语和波兰语课程的，好像只有京都产业大学和东京外国语大学吧？

沼野：有波兰语课程的学校很少见啊。

裴费斯：是那样的。所以，不学会日语就没有办法工作，好歹总算学会了。

有一天，在京都的一家文具店里，我用日语对一个年轻女子说："不好意思，我想买一支笔。"她却用英语回答说："我不会英语！""不，不好意思，能给我看一下那支红笔吗？"我反复用日语说，她却不听我说，只是继续用英语说："对不起！"

尽管如此，我还是固执地指着笔用日语说："那个。"大约有十分钟，我一直在说"我想要那支红笔"。这时对方才晃过神儿来用日语说："啊！你会说日语啊。"哎，这样的事情很多。

有了这样的经历，我的日语学得更快了，但是外语并不是说只要把单词罗列在一起就能说的。为什么这么说呢？比如在日本被问到"你是从哪所大学毕业的"，要是立刻回答"哈佛大学"的话，稍隔一会儿就会有"啊……啊……"惊讶的反应。正常应该是什么情况呢？"您哪所大学毕业？""啊，大学啊，那个……姑且算是哈佛毕业吧。""哦，哈佛啊。"这种对话比较自然。

说到这里，稍微再往前追溯一下，我是在纽约出生的。我生于纽约，在洛杉矶长大。1957 年 10 月，苏联发射的人造卫星飞越了洛杉矶的天空。那时我十三岁，梦想成为天文学家，看到苏联发射的卫星之后，我就跑去图书馆，拿出词典开始学习俄语了。所以，我学习俄语多亏了斯普特尼克卫星。当时在美国，很少有这个年龄的美国人学习俄语。

沼野：我可以问一个无聊的问题吗？“beatnik”（垮掉的一代①）是模仿“斯普特尼克”这个单词创造出来的吗？

裴费斯：或许是受此影响吧，我认为“beatnik”的“nik”原本来自意第绪语，从那里流传到英语。另一方面，斯普特尼克的词源在俄语中是“同行者”或“旅伴”，转而表示“卫星”。也有表示“和平主义者”的意思。

沼野：是吗？对不起，跑题了。

裴费斯：今天乘坐的是“宫泽贤治的银河铁道列车”，跑题也没关系。我去苏联是在 1964 年，正如您介绍的那样，与波兰和法国不同，我没有在苏联留学。包括克里米亚在内，只旅行了一个月左右。1965 年的时候，我又独自去旅行了一个月。

于是，1966 年我去了波兰留学，在华沙大学。但是，在 1967 年 2 月我被卷入了一起间谍案件，突然离开了波兰。2003 年，我参演了筱田正浩导演的电影《间谍佐尔格》，让我更“接近”了真正的间谍。

顺便提一下，如果你读过《如果没有日本这个国家》这本

---

① 垮掉的一代，第二次世界大战后，以美国为中心出现的反抗当下常识和道德的所谓“对抗文化”影响的年轻一代。代表作家有杰克·凯鲁亚克、艾伦·基思伯格、威廉·巴罗斯等。——原注

书的话，就知道书里写的不是佐尔格，而是很多关于我的“间谍故事”。如果您有兴趣的话，就去书店各买一套回家看。美国的报纸上说我可能是间谍。当然，这是捏造的。但是这一事件使我逃离了波兰，去了巴黎。然后和一位法国女性亲近起来，甚至还订了婚（“婚约”的日语发音为konyaku），不是蒟蒻（日语发音为konnyaku）哟，那是关东煮里的，我是订了婚哟。其实几年前，我和她时隔三十九年才又见面。那是我的初恋，我非常想念她。

在法国和女朋友分手之后，我又回到了美国。那是1967年的5月。那时候越南战争很激烈，有被征兵的危险。当时我还年轻，而且还很反对战争，再加上还有间谍事件，如果回到波兰，还不知道会发生什么；如果去法国，就又要陷入“初恋·地狱篇”。所以我来到了日本。

所以我并不是被日本的魅力所吸引来的日本。当时我对日本一无所知。在洛杉矶，寿司、天妇罗等日式风味餐厅也只是在被戏称为“小东京”的一条日本街上才有，当时连卡拉OK也还没有，日本的事情谁都不了解。所以，完全是在一无所知的状态下开始学习的日语。

我学习的那些语言

裴费斯：您是在哪里学的英语、波兰语和俄语呢？

沼野：在日本。英语从初中阶段就开始学了。

裴费斯：像是英语一样的内容。

沼野：像是英语一样的。于是，我二十七岁去了哈佛大学。

裴费斯：您二十七岁的时候是哪一年？

沼野：1981 年。但是，在那之前我从没用英语交谈过。因此，突然去美国时，不知道用自己学的英语是否能沟通，记得当时心里非常不安。去了美国之后，由著名的学者严格地教我学习古代教会斯拉夫语。我虽然能够听懂此类专业术语，但在平时说话时，比如你跟人家说："请把那里的百威啤酒给我。"结果拿来的却是贝克咖啡。弄不懂类似这样的生活用语，沟通不便，因此吃了不少苦头。

裴费斯：我在学日语的时候也吃过同样的苦头。进了京都的一家荞麦面馆，我曾闹出笑话，当时大声地说"给我来一份妊娠面吧"。沼野先生也吃过那样的苦头啊！但是当时您很年轻，很快就说得很流利了吧。

沼野：没有。我的英语到现在还说得不太流利。因为我是在哈佛大学的斯拉夫语系留的学，同学里一半是斯拉夫系的移民或者流亡者，剩下的一半全部都是俄语或者波兰语的专家。而且老师也是外国人居多，教授我波兰文学的恩师是一名波兰人，俄罗斯文学的指导教授是德裔的且会说俄语和德语的天才型老师。

裴费斯：是哪一位啊？老师叫什么名字？

沼野：尤里·施特里特。他是德裔俄罗斯人，说的俄语听起来像是德语，说德语听起来像在说俄语。说英语的时候，总觉得好像在说德语一样，总会出现德语的元音变音①现象。“神话”这个单词“myth”不是读成“misu”，而是读成“myuto”。美国学生觉得很有趣，但我是在这种情况下学的英语，所以学到的英语一点儿也不像普通的英语。不过，有斯拉夫语口音的英语，我倒是学得很明白。

裴费斯：还有哪些老师呢？我也许有认识的。

沼野：教近现代俄罗斯史的理查德·佩普思和教中世纪俄罗斯史的爱德华·基楠。佩普思这个人是真正的语言学天才。

裴费斯：我也跟佩普思学习过。

沼野：还有波兰诗人斯坦尼斯瓦夫·巴兰恰克。他真是个了不起的老师。在波兰参加团结工会罢工运动，是被当局关注的人。他是个有礼貌的绅士。授课结束后，一定会说“谢谢大家的聆

---

① 元音变音（德：Umlaut），日耳曼语系的几个语种中常见的母音交替现象。——原注

听”。另外，俄罗斯文学课的老师是比较文学家唐纳德·范加。弗谢沃洛德·谢赫卡列夫也是位了不起的学者。这个人是老一代的流亡者，似乎和弗拉基米尔·纳博科夫也有亲密的交往。

裴费斯：是俄语老师吧。

沼野：嗯。是俄罗斯文学老师吧。范加老师流亡到德国，取得了学位，也说得一口像德语一样的英语。在大教室讲课的时候，他非常雄辩，一种欧洲大教授的做派，听他讲的课令人神往。但是谢赫卡列夫老师，在研讨课上用英语讲解诗词，俄语诗都是用原文精读。不过，大概几十年都使用着同样的授课笔记，因此给人的感觉是他几乎不备课。

但是，让人钦佩的是，当学生们说“普希金好像有这样一首诗吧”。他就会说“是这一首吧”。然后就能流利地背诵出学生所指的那首诗来。普希金的诗几乎都印在他的脑子里了。如果某个人满不在意地评论了几句茨韦塔耶娃的诗的话，他就会说你说得不对，然后正确地纠正过来。果然，真正的专家就是这样的，我真的很佩服。只是上课时他似乎很随意的，要是用现在学生的授课评价打分考核的话，说不定他的分数会相当低的。反正，现在美国的大学已经不能请这样的老师了吧。

这些斯拉夫人讲的英语，无论说得多么好，也还是会有俄语的口音。不过本人和周围的人都认为这样就可以了。日本的英语学习者中精英们总是以完美的英语为目标，我越来越觉得这是愚蠢的。说起来，对于俄国人来说，要想完全掌握英语不是件容易的事，同时也会因为俄语和英语之间微妙的差异而产生混乱。

比如，人名或地名中出现的“h”音，在俄语中经常会出现“ge”（“g”音）的发音。因此，“yokohama”在俄语中被读成“yokogama”，德国哲学家黑格尔则被读作“ge-geri”，挪威剧作家易卜生的戏剧《海达·高布乐》就变成了“gedda gabureru”。据说语言学家罗曼·雅各布·桑曾说过，如果想要从俄语的发音中恢复原名，就连有教养的俄罗斯人也会搞不清楚。

超越语言环境生存下去就会产生这样的混乱，回到话题上来，罗杰先生已经给我们稍稍讲述了到目前为止的一些经历，还想请您再讲一下您与波兰语的邂逅。波兰语相当难学的，对美国人来说。

裴费斯：波兰语是特别难的语言。我以前在加州大学洛杉矶分校的时候，一周上三次课，学了一年。老师是名叫罗谢尔·斯通的犹太裔波兰人。虽然是犹太人，但却非常喜欢波兰。说起学习俄语，我觉得很意外，波兰语也是这样。因为我的亲戚、朋友和我一样都是犹太人吧。波兰是一个反犹太主义的国家，所以大家都讨厌波兰。因此总会被人问“你为什么学波兰语?”

沼野：以前在日本学俄语的也被说成是间谍。

裴费斯：我第一次来日本是在 1967 年，那时俄语倒是很盛行呢。

沼野：因为那时的苏联在宇宙开发方面是领先于美国的，很受关注。

裴费斯：俄罗斯文学对明治文学不是有很大影响吗？我到日本时，还见到了俄罗斯文学研究者米川正夫的儿子和夫先生。他的妻子是波兰人。波兰戏剧的黄金时代，我去看过塔德乌什·康托尔①的戏剧，也去看过安德烈·瓦依达②的电影。所以我才想在波兰这个国家住几年。

曾经有过这样一件事。1967 年的 1 月我从华沙迁移到了克拉科夫。那时候我有个这样的想法，听说我外公出生在波兰的克拉科夫。但是，当我出生的时候，他已经去世了，而且我的母亲什么也没跟我讲过，所以我想去探寻“自己”的根。我妈妈的旧姓叫克伦格尔，是一个非常罕见的姓氏。要说犹太人，科恩、施瓦茨等名字，就像在日本有很多姓田中、铃木的人一样多，很难在这些平常的姓氏中查到具体的某人。但因为克伦格尔很少见，所以我试着调查了一下。那之后我对波兰和犹太人进行了各种调查和记录。学生时代学习波兰语，也许也是因为有这种潜意识吧。也许是一种无意识的怀念。

在无意识之中追根溯源

沼野：在那之前您一直生活在美国，您没有意识到自己的祖先来

---

① 塔德乌什·康托尔（Tadeusz Kantor，1915—1990），波兰的世界级艺术实践家。代表作《维洛波勒，维洛波勒》《艺术家们、去死吧!》《我绝不会回来》《死亡教室》等。——原注

② 安德烈·瓦依达（Andrzej Wajda，1926—2016），波兰电影导演。代表作《地下水道》（1957 年）、《灰与钻石》《大理石人》《铁男》等。——原注

自东欧吗？

裴费斯：嗯。真没有意识到。我的爷爷、奶奶如果是俄国人或者波兰人的话，也许会意识到，但是他们都是犹太人。

欧洲有强制犹太人集中居住的地区①。在欧洲的约百分之九十的犹太人都住在那里。这其中又有百分之九十左右的人，母语是意第绪语，这是第一语言。几乎所有的人都会说，但是我爷爷不会写字，也不会读，所以从哪里来到那里，我的父亲也不知道。国家应该是俄罗斯，不过因为是犹太人，所以没有那样说。

外祖父是克拉科夫人。1492 年，宗教审判正式开始，许多犹太人被迫离开西班牙，改信宗教，抑或是被杀。外祖父因为不想被杀而迁移。当时受到了波兰的欢迎。而外祖母则是在现在的立陶宛出生。

沼野：那您外祖母说的也是意第绪语吗？

裴费斯：不，她不会。外婆一家很有钱，但是由于经济大萧条而破产了。另一方面，父母亲的生活过得非常贫穷、非常悲惨。如果没有经济危机，我父母肯定不会在一起吧。我托经济危机的福，才能出现在大家面前。所以对于经济危机，我真的非常感谢。

---

① 强制犹太人集中居住的地区，在欧洲诸城市内犹太人被指定的强制居住区。被称为“聚集区”（ghetto）。——编者注

但是，祖先的事，从父母那儿几乎什么都没听说过。到了十几岁时，我对俄罗斯产生了兴趣，有时也会有疑问。但是，当时的俄罗斯，大家都认为说不定哪天会和美国开战，所以对我的疑问没有人理睬。现在想来，也许那些看不见的民族传说，以潜在的形式流传在自己的内心深处。但实际上是怎么样的呢？

沼野：美国有很多犹太人，大多数来自俄罗斯及东欧。但是对于那些人来说，民族的记忆和祖先的记忆，就跟您的情况一样，没有被保存下来的吧？

裴费斯：我想没有。因为大家都成为了美国人。第二代中也很少有人会父母的母语吧。反过来说，培养双语孩子是一件很困难的事，真是一项极难的技能。我是四个男孩的爸爸。孩子们都在日本出生长大。我老婆是居住在日本很久的英国人，孩子们在日本的学校上学，完全和日本人一样。我们每年去澳大利亚，所以孩子都会说双语了。但是一般情况下，孩子不太会说父母的母语，要会双语是件很困难的事情，一般要是不生活在两个国家很难实现。比如，虽然对自己意大利裔的名字感到自豪，但对意大利却一无所知，这样的美国人有很多。也许有人多多少少会去自己的祖先曾经居住过的村子看看。

犹太人就更复杂了。因为有过对犹太人的大屠杀①。大家都逃走了。从 1880 年到 1914 年之间，流入美国的犹太人达到了 200 万人以上。大部分是去了纽约、芝加哥，后来还有洛杉矶。不过这些人完全没有心情去怀念自己原来居住过的国家，什么都不想知道，那种事也不想告诉孩子。

只是，我因为那次间谍事件从波兰回到了美国，遇到了我祖父的妹妹，一个叫希尔维亚的姑祖母。我跟她说了我因为这样的事去了波兰的大学，她含着泪说："你的声音和哥哥的一模一样。"听了这话，我也起了鸡皮疙瘩。

能给我讲讲沼野先生学习波兰语的契机是什么吗？

沼野：我去美国的时候，对意第绪语感兴趣，就开始学习了。哈佛大学有犹太研究科，那里也有意第绪语课，但是大学的正规课程一周要上三次，预习复习也得花好几个小时，特别严格。也是因为没有那么多时间，再加上波士顿有个成人教育中心，那里有意第绪语讲座，所以在那儿学了半年左右的意第绪语。并且，学会了用希伯来文字写名字。

第一次去成人教育中心时，我用英语说我想学意第绪语所以需要登记，却被人家说："你的英语有问题，你说你想学的不是

---

① 大屠杀（俄：Погром），对犹太人实施的集团迫害活动（杀戮、掠夺、破坏、歧视）。19 世纪末，以沙皇亚历山大二世遇刺为开端，发生了大屠杀事件，沙俄政府在那之后为了转移社会不满情绪利用了犹太人排斥主义。1903 年开始到 1906 年发生多起犹太人被袭击事件，成为犹太人逃往国外的开端，引起了犹太复国运动。第二次世界大战中，纳粹德国对犹太人进行了大屠杀。——原注

意第绪语，而是英语吧？”日本人去学意第绪语，一定会让人觉得很奇怪吧。

裴费斯：那里的老师是哪位呢？

沼野：年轻的犹太裔美国人老师。当然，意第绪语不是他的母语，而是通过学习记住的。对了，他曾经带我去过许多八十岁左右的犹太移民一起生活的地方，像养老院一样的地方。在那里稍微说了几句意第绪语，受到了热烈欢迎。

裴费斯：大家很惊讶吧。

沼野：我都已经忘了。

裴费斯：有没有记住的单词？

沼野：对我来说，意第绪语更多的是通过读列奥·罗斯滕①记住的。意思为“傻瓜”“愚蠢的家伙”的“施里玛塞尔”“史雷米尔”，还有意思为“无聊的家伙”的“裸体二克”。这些单词融入英语，使英语更丰富多彩了。还有，真觉得意第绪语是一种有

① 列奥·罗斯滕（Leo Rosten，1908—1997），出生于波兰乌奇的美国犹太作家，政治学者。幼年时与双亲一起赴美。著作《海曼·卡普兰的教育》，幽默地描写了纽约移民的夜校生活。另有一部著名作品《日复一日的喜悦》，介绍意第绪文化。——原注

趣的语言。而且，如果你会读写希伯来文字的话，意第绪语还是比较简单的。

裴费斯：是的，不是很难的语言。

开启日语诸事

沼野：我们听了斯拉夫语系的语言和东欧的根源的故事，罗杰先生来到日本，终于要开始学日语了。

裴费斯：是的。算是吧。

沼野：日语的“算是”是个便于使用的词语，譬如刚谈到的大学的话题。在日本当被问及“哪个大学毕业”，如果回答说“我是哈佛的”，给人一种有点高高在上、不太容易接近的感觉。“啊，算是哈佛”的说法就显得柔和了很多。日语中的“算是”之类的词语，英语中应该没有吧。

裴费斯：不，英语中也有“算是”哦。

沼野：唉！不愧是《读懂真正的英语》的作者。但是，俄语和波兰语对美国人来说是很难的语言。虽然这么说，但他们也是印欧语的一种。在这一点上，日语就完全不同了。刚接触到日语时，是不是因为和之前知道的外语完全不同，有时会感到不知所措呢？

裴费斯：日语读写非常难。但是，日语会话并没有那么难。

比如，被问到“你是哪国人”时，只要像美国人、中国人、俄罗斯人那样，全都给国名加上“人”来回答就可以了。在英语中，像美国人（American）、中国人（Chinese）、俄罗斯人（Russian）那样，要把国名变形成为形容词形态，所以是完全不同的。如果和城镇的名字一起就更糟糕了。比如说，纽约人怎么说？我给大家做个测试看看吧。

纽约人是可以说成“New Yorker”吧？那么，洛杉矶人呢？“Angeleno”。格拉斯哥人是“Glaswegian”。曼彻斯特人是“Mancunian”。纽卡斯尔人被称为“Novacastrian”。所以，很难。第一、第二、第三也会写成“first”“second”“third”。两倍、三倍、四倍写作“double”“triple”“quadruple”。总之很难，词语很多，大概是日本的三倍。大家可以看一下《惊人的日语》这本书。因为讲的是日语，比英语简单，所以有很多这样的例子出现。

沼野：虽然把日语和英语放在一起比的话，日语简单，英语难。但是如果要反向论证的话，也有很多相反的情况。日语最难的地方，比如用词语的级别来说就是所谓的classifier，也就是“量词”的问题。笔记本是一本两本，复印用纸是一张两张，铅笔是一支两支，这个太难了。尤其是铅笔，“いっぽん”“にほん”“さんぼん”，日语量词的发音都不一样……

裴费斯：这种情况只能死记硬背下来。但是，一辆或一栋的区别，就没什么大不了的了。

沼野：最近的年轻人，好多都给说成一个或两个的。连比较年龄时都说“大两个”了。

裴费斯：对我们来说，日语背后的逻辑，有时候就会搞不明白。比如，很久以前，住在祖师谷大藏的时候，有两个在车站等电车的女中学生，一个人在看墙上贴着的时刻表，一个人在稍微远一点的地方默默地站着。于是，在稍远地方站着的女孩问道：“电车几点来？”另一人回答说：“好像是 12 点 3 分。”……稍等一下，“好像”是什么意思？为什么会用“好像”呢。时刻表上明明写着 12 点 3 分的。虽然上面写着 12 点 3 分，但是电车不一定会在 12 点 3 分准时来。因为是在日本，所以大概会准时来吧。所以从这点上来说确实是“好像”。但是，为什么确实写在那的东西，却要说“好像”呢？这一点我是不太明白的。如果是我们的话，就会说成“Three minutes past twelve”，如果说成“It seems like three minutes past twelve”的话，就会被别人说：“你真的在看时刻表吗？”

或者，有个人进房间来，神情严肃。我们会说“He is angry”。也就是说，那个人在生气。但是，在日语中却说“好像在生气”或者“看起来在生气”。好像说不知道是不是真的生气了。换作我们的话，肯定会说“生气了”。但是日本人却说“好像在生气”。刚开始的时候，我还不明白。因为看上去明明是在生气。不过，就像“算是哈佛”一样，必须在前面或者后面加上一些缓冲调节语气。

因此，日语是个温柔的语言。把对方考虑在内，这是宫泽贤治的《不畏风雨》中的一句话——“不要把自己考虑在内”，顾忌到对方的顾虑和忌讳后再开口说话。所以有人问“电影怎么样”，回答说“不是很好吗”。这样一来，究竟是有趣还是没趣，不得而知。但是，如果回答说“不喜欢”，说不定问你的人喜欢这个电影呢；如果回答了不喜欢的话，也许会影响到对方的心情。

这是国民性呢，还是语言的特性呢？应该说是国民性吧。在《惊人的日语》中，我说“所有的语言都是中立的”。但是我认为这是因为国民性包含同情心，因此对语言是有影响的。

但是，“一根两根”真的有那么难吗？

沼野：很难啊。最近连日本人都弄不清楚了。

裴费斯：难的是，“穿”这个动词也是如此。英语里是“wear”。“wear shoes”“wear pants”“wear shirts”都用“wear”，而在日本都不一样。穿、戴、披、盖、罩等使用的动词各不相同。英语里“He wears a smile”，意为他的脸上浮现出微笑。连“笑”这个动作都都用“wear”这个词。

沼野：这个翻译的时候也容易出现问题，极端点说的话，有的人翻译日语的时候翻译成了“他穿了衬衫和帽子”。这样一来，日语就很奇怪了。所以要用完全不同的动词，译成“他穿着衬衫，戴着帽子”。那可够费心思的。

对了，刚才的“好像12点3分”“不是很好吗”的说法，被当作所谓的日语的暧昧性的问题来对待，很多人下结论说日语是暧昧、无逻辑的。不过，对于这个问题，您在《惊人的日语》里应该也写到了吧？您是怎么认为的呢？

裴费斯：绝对不是暧昧的语言。

沼野：嗯。是使用方法的问题。政治家推卸责任的时候说的话，确实是暧昧的。

裴费斯：也就是说，如果想知道什么是暧昧，对方的意图和想要表达的意思完全不清楚，这个可以说就是暧昧。比如，被问到“您夫人呢”时，回答说“我的妻子，啊，那个”，说些莫名其妙的话，对方会回答“是吗，那谢谢了”。不过，虽然都说暧昧的日语，但是如果能把自己的意图百分之百地传达给对方的话，应该说一点也不暧昧。也就是说，日语本身一点也不暧昧。说日语是暧昧、无逻辑的人，到底是哪位学者呢？

沼野：不，与其说这是学者的观点，倒不如说这是一般流传下来的固定说法。不过，我也认为可以这样说。在日语中，如果说“今晚怎么样”或者“那个”的话，从语境上来判断是能明白的，只要了解了语境就能明白了。日语从这个意义上来说，可以说是语境依赖性很高的语言吧。英语的话，即使抛开这种语境，也有必要说得明了一些。

裴费斯：嗯，会怎么样呢？我认为英语也同样依存着语境。比如，不是也有“Yes and no”这样的英语吗？ “Do you like tempura? Yes and no”回答表示“不管怎样”“也没什么讨厌的”，可以翻译出很多种意思。

但是，我认为那并不是暧昧。我觉得“不是很好吗”这种说法也不含糊。那个人明显地说着“他是那么想的”。也就是说，他只是不想肯定地说，心情上却不是暧昧的。

语言随时代而改变

裴费斯：最近有个名为“uptalk”的演讲平台，不管是在英语圈还是在俄语圈，全世界的人都在使用。英语圈中从年轻人到老年人都在使用。发言到最后的时候提高语调。语言学上叫作“rising terminals”。当问到“What do you do”时，会提高句尾的声调回答“I am a nurse”，好像在提问别人一样。最开始出现这种说法的是大约二十年前的澳大利亚人。然后流传到美国，然后现在许多人也被“传染”了。很遗憾，日语也是那样的。虽说是“半疑问句”，但也有提高词尾声调的倾向。就像在再三嘱咐说“不是吗”“啊，我是这么想的”。有时候也会在表达客气之意或者没有自信的时候使用，但是也会用在觉得对方愚笨时的情景，还有虽然采取的是疑问的形式，但是并没有实际询问的意思时也会使用。

沼野：您觉得出现那个练习演讲的平台是件好事吗？

裴费斯：我认为英语、日语、俄语，所有的语言都是会变化的，这也是没办法的事。与其说是好或不好，不如说我认为不承认已经实际存在的东西也是无济于事的。大约这二十年吧，以前会被老师训斥的一些语言用法，现在已经变成了普通的说法。我是不用，也不会用。毕竟已经是中年人了。但是，大家都在用。“省略ら”的用法也是这样，已经没办法了。比如说能睡（寝れる）、能吃（食べれる）之类的。事已至此，只好顺应了。

沼野：我认为罗杰的书，有几个基本的观点。其中有一点就是，语言是变化的东西。我认为这是贯穿整本书的基本想法。他认为语言发生改变是自然的事情。

裴费斯：每个时代，应该都有类似暗号的词语。我想如果没有这个，那么这个时代就不会成立。日语怎么样呢？说起这个问题马上就会引出“现在的年轻人不懂敬语”“现在的年轻人不行”之类的话题。

沼野：老年人就是这么说的。

裴费斯：我不会说。

沼野：因为您还年轻。

裴费斯：下个月就七十多了。

沼野：那么，来庆祝一下吧。

日语发生了很大的变化，关于年龄也能毫不介意地说出比我大一岁或大两岁等以前不会说出口的话了。只是凡变化都有一定的理由。就“省略ら”的用法而言，我认为在语法上具有它的合理性。日语助动词的“れる”“られる”，表示尊敬和可能性的两种意思都有。但实际上有无法判断使用的是哪个意思的时候。比如说，“来られる”是“来る”的尊敬说法，还是“能来”的意思？诸如此类。所以，用“省略ら”的形式把“来れる”变成可能的意思，就能清晰地区别出尊敬意思的“来られる”了。所以我认为这是合理的。再过五十年，恐怕“省略ら”的形式会被认定为正确的日语语法规则了吧。

裴费斯：现在还不是正确的吗？

沼野：嗯。看来很多人都已经承认其正确性了。只是根据具体的词语，语感会有所不同，我认为“来れる”还可以，但是“食べれる”是我不想认可的。

裴费斯：您怎么看敬语呢？

沼野：敬语发生变化也是没办法的事。社会结构变化了，语言当然也会发生变化。譬如小津安二郎的电影您看过吗？听到在他电影里使用的日语，您会怎么想呢？

裴费斯：我很喜欢小津的电影。敬语当然也是会变的啊。他的日语既简单又精彩。

沼野：特别是女性的说话方式很文雅。现在的日本人绝对不会那样说了。

读了罗杰先生的书，发现您的一个基本的语言观就是语言是会变化的。还有一点给我很大震撼，就是把所有的语言都视为"中立"的。中立的说法，有点不太清晰，您能稍微说明一下吗？

裴费斯：单词本身的定义，我不太懂。除了非常简单的单词以外，只有在语境中才能明白单词的意思。比如"hello"。大概大家听了之后会说"こんにちは"或者"もしもし"吧。但是有完全不同的使用方法。也有"你在说什么""原谅我这么做"等意思。那时语调也会不同。把单词中间的"lo"提高声调来说，把最后的"o"的音发得很长。要是有什么人做了失礼的事情的话，比如说"罗杰先生九十岁了吗"，用"哈喽"来打招呼的话，就会有"啊，稍微有点不一样哦"的感觉。这个用"こんにちは"是行不通的。那样的例子很多。类似的单词，日语里也有很多，英语里也有很多。

比如，都说日语是暧昧的语言，但即使是暧昧的语言，语言本身也不是暧昧的。只是根据使用方法的不同有时暧昧有时不暧昧。更何况单词本身就不可能出现暧昧的单词。从这个意义上来说，就是中立的。

这样一来，作为外国人的我们在使用日语的时候，比如我去了冲绳，被一家人叫到家里，女主人端上菜时说“请吃吧”，我要是回答人家说“啊，实在抱歉”，人家就会想“哎呀，他不吃我做的菜啊”。

不过，我一直都待在京都，感觉京都有些不同。“请，请。”“不，不用了。”“请慢用。”“真的可以吗？”“那么，我就不客气了。”“那么，我失礼了。”总之，会出现各种各样的日语。

我的四个孩子日语说得很流利，会说一口非常棒的日语，但是他们的语言措辞可能和日本人不一样。我说的日语里，总有过度使用敬语的倾向，大家都说我“过时”了。

总之，很多人会说日语。也许日语还没有到国际语言的程度，但日本人今后如何理解其多样性却是个问题。如果总说“不，不对！你说的不是日本人的正确的日语”之类的话，日本这个国家就无法实现国际化了。因此，《惊人的日语》的重要主题之一就是，不是英语，日本人更应该认真学习日语。如果不能正确理解日语这种语言是怎样的语言的话，日本这个国家无论到什么时候都不会实现国际化。沼野先生，您怎么看？

沼野：现在，在日本怎样看待英语是个大问题。在东京大学等一些学校，只要提起“国际化”这个口号，就要增加英语课。上文学课的时候明明不是语言学的课程却还要使用英语授课，这样授课的压力非常大。

日产和乐天等日本公司也是这样，用英语开会，英语化就等于国际化这个倾向越来越明显。在现实世界看来，英语不好的话确实是不行的。但是，这暂且不提，大学要是接收了外国留学生，如果不把日语是一种非常优秀的语言这一点教给留学生的话，就没有意义了。从外国来的留学生来到日本，听日本老师用非常差劲的英语上课，不是很荒唐吗？这不就是一个难题吗？

裴费斯：我到去年 3 月为止一直在东京工业大学教书。作为方针，将来百分之三十左右的课程都要用英语授课。但是，这不太可能实现吧？到底谁来教呢？哪有那么多能够用英语授课的老师啊？所以，我非常反对在日本的小学就开始教英语。我觉得这是浪费时间。如果真的想这么做的话，必须请十万个左右的来自英语圈的外国人，比如从菲律宾、印度、新西兰等地请人来到日本授课。如果要教的是“ディスイズアペン”“ミスイワテケン”这种日式发音的片假名外来词的话，还不如把时间多用在学习日语上。

沼野：当然，英语能多学点更好，这个肯定是对的。

挑战“翻译的不可能性”——声音和诗的翻译

沼野：实际上还有两个想借此机会探讨的话题。语言在变化的同时也是中立的。中立的意思是，所有的语言从某种意义上讲，都是同等的，并没有说哪种语言地位更高。

那么，我想在这里问一下翻译的可能性，语言都有其固有的表现，有时也有很难翻译的情况。最近发展起来的“翻译研究”，就把“翻译的不可能性”作为问题提了出来。在所有的语言中，都有很多“文化依赖性”（文化从属）的单词，比如以“朋友”为例，日语的“朋友”和英语的“friend”是有很大区别的。如果换成俄语的“朋友”（друг），就完全不同了。即使是同样的语言，实际上也非常不同，我觉得翻译的难度确实很高。裴费斯先生能自由地应用四国语言，您是怎么看待这个问题的呢？我记得以前我问过您，您当时回答说不太在意“翻译的不可能性”，当时我对您这个回答感到很意外。

裴费斯：应该说翻译没有定式，不局限于某一个单词，例如这种场合这么翻译，这样就可以了，这在翻译中是不可能存在的。比如“朋友”这个词，有时翻译成“friend”是非常合适的，有时翻译成“children”却是更好的。孩子从学校回来后，奶奶问：“今天见到了很多朋友吗？”这种情况不一定是“friend”。因为不见得每个人都是最好的朋友。所以我觉得翻译成英语“children”比较好。“朋友”在这里是一种委婉的表达。像这样，翻译还是需要有文化背景的。日语是简单的语言，这只是针对会话来说的。要是翻译的话，就不容易了。哪个国家的语言翻译起来都很难，但是因为不是欧洲的语言，所以有逻辑模式不同的问题。

还有语序的问题。“昨天，我觉得他坐电车……”——如果不改变单词顺序译成英语的话是“Yesterday he went on the train...”，我觉得作为英语读起来也很顺畅，也不觉得哪里错了，但总觉得有些微妙地乱了节奏，不是自然的英语。“昨天老师在学校说了什么?”“Yesterday at school what did the teacher say”是通常的翻译，作为口译是可以的，但是作为笔译是不行的。“What did the teacher say at school yesterday”像这样，把“yesterday”放在最后比较好。

也许在英语和俄语中没有“よろしくお願いします”（请多关照）、“いただきます”（我开动了）等词语。虽然在英语和俄语中没有，但是我不知道在其他的语言中有没有。地球上有六千五百种左右的语言，所以可能其他语言里也会有这种用法。但是，英语和俄语里是没有的。所以也可以说翻译是不可行的。但是，不说“我开动了”，能不能想点什么其他办法呢？这种情况不动脑筋是不行的啊。

沼野：归根结底要看怎么来定义翻译了。因为我们能够想出很多方法，比如说各种形式的说法的转换。

现在已经提到了语序的话题，我想继续说下去。一个是英语关于语序的规则很明确，“I love you”的单词位置是不能改变的。与此相对，有些语言的语序就比较灵活，日语是，俄语也是。我想如果把这些翻译成英语的话，语序是相当大的问题吧。

裴费斯：是啊！语序的问题很大。

再说另一件事，没有比日语中的“の”更方便的单词了。例如，“漱石の小説は寝室のタンスの上にあります”“漱石の”

“寝室の”“タンスの”都可以用“の”。但是在英语中，“の”被译为“of”，但是我经常对学生说不要使用“of”来翻译。“Soseki's book is on the bureau in the bedroom”。要说哪个更难的话，英语要难得多。除了“in”和“on”以外，还有“at”等。比如“银河铁道之夜”，理解成是人们乘坐银河铁道列车度过的夜晚，还是列车本身出现在夜晚，都可以。坂口安吾的《盛开的樱花林下》，在森林中的樱花盛开之下，森林般盛开的樱花树之下，盛开的樱花森林下，全部都可以。“の”这个词是真的方便。

沼野：宫泽贤治的《银河铁道之夜》有罗杰先生的翻译版本。英语标题是“*Night on the Milky Way Train*”。

裴费斯：是的，不是“Night of”，而是“Night on the Milky Way Train”。

沼野：日语中的“の”真的是万能的吗？从某种意义上说，这会带来暧昧性，总之非常方便而且灵活。比如说，以前有过一个争论，关于川端康成的诺贝尔文学奖获奖演讲稿《我在美丽的日本》（讲谈社现代新书，1969 年）。如果是不太会英语的人直接翻译这个的话，就会变成“I of the beautiful japan”。这个作为英语句子是完全不通的。虽然爱德华·乔治·赛登施蒂克翻译成了“Japan the Beautiful and Myself”，但我觉得这样翻译的话，日本和“我”就变成了同格语，实际上没有很好地翻译出日语原有的想法。要说为什么，是因为有美丽的日本，其中也有“我”。也就是说“我”被包含在美丽的日本之中。

裴费斯：因此，“The Beauty of Japan in Me”或者只是“My Beautiful Japan”也不错。

沼野：赛登施蒂克的翻译首先是“Japan the Beautiful”，然后和“and Myself”并列。这样的话，“我”在日本所包含的重要的含义就消失了。这个虽然翻译得很漂亮，但可能是误译。

裴费斯：我翻译成“The Beauty of Japan in Me”。这样的话，就不是“我的日本”，而是“我在其中的日本”了。

宫泽贤治《不畏风雨》的标题在我之前也有好几个翻译版本。全部都使用了否定形式，有“Not giving in to the rain”等各种各样的翻译。但是呢，如果想不明白“雨ニモマケズ”是什么意思的话，就不能翻译成有创意的诗。我译成了“Strong in the Rain”。我觉得如果以这种想法来翻译的话，就不会有“untranslatable”（不可译因素）的翻译了。

沼野：关于翻译，我还想问一个问题，说现在没有翻译不了的东西，主要指的是单词和句子吧。问题是，考虑到诗的情况就很明白了，其中有韵律，或者声音本身，有各种各样的声音组合。这个很难！用英语再现日语的韵律，不可能做到吧。

裴费斯：但是，日本人听起来是什么感觉呢？很久以前，我用过“罗杰武藏”这个名字，做过一段浪花曲①。

“親の意見と茄子の花には　千に一つも無駄がない”，“父母的意见茄子的花　纵有千个也不白搭”（咚，加上节奏吟唱），这就是日语的韵律。还有“月に叢雲花に風　ままにならんと人は言うだろう”，“人们常说　闲云遮月　清风袭花　一切如常吧）”（咚，这个也是加上节奏吟唱）。这也是和英语的韵律不同的日语韵律。或是“柿くへば鐘がなるなり法隆寺”“啖柿听钟声　晚照法隆寺”（这个是用与英语不同的日语韵律朗读的）。这也是日语独特的韵律。

英语有两种韵律：日耳曼语系的和罗曼语系的。如果能意识到两个韵律的组合问题的话，就可以翻译出来。当然要是不能正确解读原文的话是不行的。也就是说，宫泽贤治如果用英语写诗的话，会用怎样的英语呢？会用怎样的韵律来写呢？我会不断地在心里默想。这样一来，宫泽贤治和罗杰·裴费斯之间的鸿沟就稍微填埋了一些，我是这么想的。以一体化为目标，虽然不知道是否成功了，但这是我的目标。是不是不现实啊？

沼野：我得再讲一次，供大家参考，罗杰先生可是因为宫泽贤治诗歌的英文翻译获得了野间文艺翻译奖啊。

---

① 浪花曲，日本江户时代出现的一种民间说唱歌曲，常以日式三弦伴奏说唱。——编者注

裴费斯：嗯，算是吧。

语言习得障碍

沼野：现在开始进入提问环节。

提问者 A（来自俄罗斯的留学生）：在学习俄语时是否遇到过什么障碍？

裴费斯：因为是很久以前的事了，我有点儿记不太清楚了，但对于我来说，学波兰语的时候遇到过，特别是数字的变格很难。

沼野：我平时居住在日本，虽说会俄语，但我的俄语只有在和文学家或大学老师说话时才会使用。城市里一般人说的俄语，速度又快又有很多辅音，我几乎听不明白。去俄罗斯的时候，我在电视上听到播音员的语速也非常快。您感觉怎么样？来日本看 NHK 的新闻，有没有想过为什么说得这么慢呢？

提问者 A：在外国人之间常说的一个话题是：在日本对于我们这些外国人，大家会有意识地放慢语速和我们交谈。当然，NHK 的新闻也尽量播报得让人容易明白。

沼野：在日本的年轻女性中，有一些语速比较快的人。还有，英语的发音对日本人来说非常难。

斐费斯：俄语也很难啊。当我还是个孩子的时候，我就发誓无论如何都要精通俄语。因为是孩子，所以才会想无论发生什么事情都会努力实现自己的想法。从这个意义上讲，好奇心是最好的动力。也就是说，像孩子一样有好奇心很重要。英语中有一个词叫作“白纸状态”，意思就是像擦掉了文字内容的白板一样。像什么都没写的平板，空白状态的黑板。我们小时候一听到从来没听过的单词，就会问：“妈妈，那是什么意思?”假如妈妈回答说“是猪啊”，学外语的时候会问：“‘猪’用俄语怎么说?”如果您觉得自己什么也不会，就像小孩子一样去听的话，并且不认为它是“俄语”，就会很容易记住。

我二十岁的时候，还不会说任何外语。但到了二十四岁，已经会说俄语、波兰语和日语了。这不是有才能，而是有学习的热情和好奇心的结果。把自己当作孩子那样，在什么都不会的状态下去思考、去做。那样做的话，虽说英语很难，学了多少年也没有提高，但是英语再难，也只不过是一门外语，大概两三个月就能记住。这虽然不能成为必然的答案，但也没那么难。

沼野：那个时候，哪怕是在俄罗斯，美国人说俄语也是受欢迎的。

斐费斯：是的，很受欢迎。虽然第二次世界大战已结束，但也还只是十九年前的事。从现在开始说十九年前的话，就是 1995 年，就仿佛昨天似的。大家都充满好奇心，对我很感兴趣：为什么美国人会来这个国家。还有各种奇怪的问题，例如：“帝国大厦用多少块砖砌成的?”每个人对我都很友善，我很喜欢。另外，俄语基本没有方言，但是英语则相反，没有标准语，因此没有这样的概念。每个人都有口音。那也是一件好事。所以，都是平等的。二十年前 BBC（英国广播公司）播报新闻大多使用的是意第绪语，但现在不是了。现在用利物浦音或者苏格兰音的英语播报。这么做显得平等，所以很好。当然，哪怕是在美国也一样的。

提问者 A：即使是会说多种语言的人，在进行计算或心算时也都会使用自己的母语。我就使用俄语计算。

斐费斯：我是用日语。哪怕在家我也经常使用日语。在澳大利亚时，哪怕外出我也会用日语。在日本的时候，有时也在不经意间使用日语。我爱人前段时间，在京都车站用日语大声喊着说："我把钱包放到储物柜里了。"好多人都很吃惊。所以，要是不在澳大利亚使用日语，不在日本使用英语的话，看样子是不行的。因此，来我家参加寄宿家庭活动的人，英语一点都学不好。

提问者 B：您非常善于交谈，有什么用日语说笑的技巧，或者用英语、俄语逗大家笑的构思要点吗?

斐费斯：那个是有的。话语间的间隔时间。但是，由于英语笑话和俄语笑话的感觉明显不同，所以这虽然是一个很好的问题，但无法简单地回答你。比起这个，我更想逗别人笑出来，因为我也演过戏，也演过喜剧，所以首先想让大家能笑出来。

沼野：主动交流的意愿很重要吧？

裴费斯：对，首先就是要有想主动交流的意愿。

沼野：好多过去被称为“大师”的大学老师，在他们讲话的时候，很少让人感觉到他们有努力想让听者明白的意愿。

裴费斯：人们常说日本人不懂笑话，但我认为不是这样的。把英语的笑话直译过来，当然是很没有意思的，说到底是因为语言背景不同。幽默的产生都是源于情感文化，或历史和宗教等背景的。所以，必须很好地了解对方的文化。当然不只局限于幽默这一件事儿上。基督教和犹太教的神与日本的神也是完全不同的。如果您不了解对方的文化，也就完全不能明白对方想要什么。

有很多受尊敬的幽默作家。井上厦先生的小说和戏剧中一定会有笑点，但在幽默的背后也在传递着严肃的信息。在犹太人的历史上，快乐和痛苦也是分不开的。从这个意义上讲，我们没有禁忌。甚至都会讲关于奥斯威辛集中营的笑话。

但日本有很多禁忌。在一个禁忌的社会里，幽默是有限的。其实，除了特殊时期以外，你都可以私下谈论任何事情。那就是一种社会的预防措施。所以我希望日本人也能更多地开玩笑。

犹太人没有禁忌。不管是葬礼还是什么，都没有禁忌。即使父亲去世，也是可以开玩笑的。我真希望日本人能笑得多一些。

沼野：谈到日本，例如核电问题就不能开玩笑。不仅不能轻易地写出来，即使是日常对话，核辐射的影响如何如何之类的话也不会成为笑话，也不能开玩笑。总觉得有欠缺。

裴费斯：那就是所谓的风土，当然还有习俗。犹太人因为没有土地，因为没有土只有风，所以他们开开玩笑，一笑了之。所以，所有的犹太人都是“风又三郎”。

沼野：想聊的还有好多好多，最后让我们以朗读裴费斯先生所翻译的《不畏风雨》的形式来结束吧。请戴上帽子。

裴费斯：啊，这样啊。不是赫恩的帽子①，而是贤治的帽子。那么……

(咚，起立，戴帽，开始朗读)

Strong in the Rain

Strong in the rain
Strong in the wind
Strong against the summer heat and snow
He is healthy and robust

---

① 赫恩的帽子，指罗杰·裴费斯花费十年写的书《旅行的帽子——小说拉夫卡迪·赫恩》(上杉隼人译，讲谈社，2000 年)。

Free from desire
He never loses his temper
Nor the quiet smile on his lips
He eats four go of unpolished rice
Miso and a few vegetables a day
He does not consider himself
In whatever occurs... his understanding
Comes from observation and experience
And he never loses sight of things
He lives in a little thatched—roof hut
In a field in the shadows of a pine tree grove
If there is a sick child in the east
He goes there to nurse the child
If there's a tired mother in the west
He goes to her and carries her sheaves
If someone is near death in the south
He goes and says, "Don't be afraid"
If there are strife and lawsuits in the north
He demands that the people put an end to their pettiness
He weeps at the time of drought
He plods about at a loss during the cold summer
Everyone calls him "Blockhead"
No one sings his praises
Or takes him to heart...

That is the kind of person

I want to be

（沼野及听众齐声鼓掌）

不畏风雨

不畏雨

不畏风

不畏冰雪酷暑

保持健壮的身体

没有私欲

决不动怒

常带恬静笑容

每天食糙米四合①

配以黄酱和少许菜蔬

对世间万事

不计较自己的得失

入微观察明辨是非

并时刻记得

身在原野松林的树荫下

窄小的茅草屋里

东边若有生病的孩子

① 合，日本的计量单位。用于计量容积，约为一升的十分之一。——编者注

就去给他关怀照顾
西边若有疲倦的母亲
就去为她背负稻束
南边若有人即将逝去
就去告诉他不必恐惧
北边若有人争吵纠纷
就去劝解他无须争斗
干旱时候流下泪水
冷夏季节惙惙奔走
被众人唤作傻瓜
得不到赞誉
也不以为苦

我愿
成为这样的人①

① 译文引自宫泽贤治著、吴菲译《春天与阿修罗》，新星出版社 2015 年 12 月版。——编者注

第五章
“怀疑语言，用语言抗争”

——阿瑟·比纳德与沼野充义的对谈

诗人的我和我的日语

阿瑟·比纳德（Arthur Binard）

1967年出生于美国密歇根州。诗人、随笔作家。大学毕业后赴日，开始日文诗歌创作以及日语作品的翻译工作。2001年第一部诗集《钓上来后》获中原中也奖。之后的作品《日语的自豪》（2007年，获讲谈社随笔奖）、《左右的安全》（2008年，获山本健吉文学奖）、《寻找着》（2013年，获讲谈社出版文化奖绘本奖）等获得诸多奖项。诗集有《垃圾日——阿瑟·比纳德诗集〈诗的风景〉》，英译绘本有《不畏风雨》，随笔集有《日常的紧急出口》《从天上来的雨》《出人头地的蚯蚓》等多部作品。在青森广播电台和文化广播电台担任评论员。

在日语中领悟·再现

沼野：一直以来我很喜欢读比纳德先生的诗和随笔，所以非常期待这次与您的会面。想问的问题有很多，刚才跟您简单了解了一下，觉得可以直接切入最重要的谈话。大部分日本人遇到像比纳德先生这样的日语能手，都会不禁感叹“您的日语说得真不错啊”或者提出“日语和英语的区别在哪里呢”这样的问题。现在仍然以这种方式展开话题。今天，或者也许之后的访谈会涉及语言学习方面的话题，但我们还是首先从文学方面的问题入手吧。比如谈谈非母语创作，或者用非母语表达是一种怎样的体验？

比纳德先生的作品十分耐人寻味，但是把日常生活中遇到的趣事创作成诗歌或随笔，并不是在日本生活的外国人都能够做到的。从另一个意义上也可以说这是很自然的事情。比纳德先生有一部获得中原中也奖的优秀作品《钓上来后》（思潮社，2000年）。我拜读了其中的标题作品，并不是发生在日本的故事，而是把有关您在美国的父亲的故事用日语的诗表达出来。对于您来说，用一门外语——日语去表述在美国的父亲到底有着怎样的意义呢？这引起了我的好奇心，我们就从这里谈起吧。

比纳德：一开始，考虑以“钓上来后”为题材写诗时，设想是把听到的父亲的话，什么都不用考虑，直接用英语写出来。我心中已经选好了题目，就用喜欢钓鱼的人经常说的一句话，虽然这样使用这句话有点讨巧，但总算可以开始写作了。

这句话就是——“Catch and Release”。喜欢钓鱼的人都知道这句话，意思是钓上来的鱼不吃而放生。不管是海钓还是溪边垂钓，或是和父亲一起在奥塞布尔河垂钓，我们都会这么做。鳟鱼如果没长到十英寸就不能捕，当捕到只有九英寸的“可爱的小家伙”时，我们就会温柔地拿掉鱼钩放走它。这就是“Catch and Release”。

在我十二岁的时候，父亲因为飞机失事离开了我。我一直把与父亲钓鱼的那段记忆当作父亲的遗物一样珍视，就像对待父亲留下的钓竿一样。但是，即使想把那段岁月永久地保存在记忆中，也终有一天它会消失。我感到关于那段岁月的记忆就像是有生命的、鲜活的存在，我却无法做到永久地保存好它。对于父亲的记忆，就像是畅游在奥塞布尔河的虹鳟鱼一样，不知什么时候就会想起，某个瞬间突然冒出来，对此我会感到很茫然。

沼野：所以最初是考虑用英语写的。

比纳德：是的，记忆，我认为并不是像钓到鱼一样，放进鱼篓里再拿回家好好地保存起来就可以了。就像把鱼的内脏去除，制作成标本挂在墙上做装饰，也不过是让它积满灰尘变得满是污垢而已。所以就像钓到了又放生的“Catch and Release”那样，作为生物的我，应该把记忆同样作为生物来面对，而不是当作标本来对待，所产生的两者的关系可能是不同的。然后，我就想试着写出来，但实际写的时候却发现没那么简单。诗的题材、诗的题目、诗的形式等都是随处可见的，但我却写不出来。而且居然连为什么写不出来都完全不知道。最后，就像制作咸鲑鱼一样，把题材“用盐腌过”，只做了笔记就忘了。距今十七八年前，当时我正在交往的女性，也就是现在我的妻子……

沼野：诗人木坂凉女士，对吧？

比纳德：是的，是她告诉我的。在琦玉县东北部利根川旁边的羽生市，当时正在举办一场“故乡的诗”文学比赛。那一年的比赛题目是《故乡的河》。不知道是谁告诉她的，或者是她在传单上看到的。我听到这个消息之后就想，也许我可以写。一开始打算用英语写，但是那样在羽生市的比赛上就行不通了。我并不是为了参加“故乡的诗”大赛而写，只不过是觉得这个刚好是我要的题目，借此机会从零开始考虑“Catch and Release”到底是什么。因为对于一般的读者来说，单提出这种说法是很难理解的。我试着摸索如何将记忆本身用日语去表达出来，努力用日语去描述去世的父亲，却未曾想到，遇到了某种像距离般的东西。

父亲说的是英语，我将他的话翻译成了日语。一开始打算用英语写的时候，父亲和母亲的声音仿佛就在耳边回响。但是声音只是声音，无法产生任何变化。如果用日语写或者思考，就要暂时不去想记忆中父亲和母亲的声音，而去思考父亲说的话是什么意思，这时我似乎感觉到了从不同的角度捕捉到的信息，这不只是语言本身，还有其隐含的信息。语言背后的现象和事物、人际关系和自然环境，这些思考不断地推进，终于领悟了“钓上来后”这句话，并由此做到了认真审视我与父亲的关系，再不受父亲话语的影响和支配了。

在日语中，父亲立体化地再现了，好像复活了一般。那之后我也用英语写了些诗，不知不觉地突然发现已经完成了“Catch and Release”。

保持距离即是接近

沼野：所以这篇作品《钓上来后》并非是简单地把英语翻译成日语的成果，对吗？

比纳德：日语也好，英语也好，我认为从某种意义上讲，一切都是在翻译。就连原创都是这样。不管想要做什么，创作就是把非语言的东西带到语言中，把无形变为有形，是将无形的东西引入世界的一种活动。比如，用英语可以说“Catch and Release”，但是将它引入日语，就变成了“钓上来后”这样的说法。从语言的另一面试着去考虑的话，翻译和创作都是一样的。创作也是穿梭于语言和语言深层次所包含的事物之间的一种活动，是没有原文的一种翻译活动而已。

沼野：嗯。对此，我觉得很有趣。其实有一位优秀的俄罗斯现代作家叫作米哈伊尔，他小说中有一段类似您说的“所有的语言都是翻译”这样的说法，之前看到时总是在想他说的是什么意思呢。现在听到了您的话，才恍然大悟。

比纳德： 将某种东西用语言表达出来这件事本身，一开始就存在于翻译这条“线”的延长线上。关于翻译，博尔赫斯有一句名言。某个文学评论家对他翻译的英国文学古典作品提出质疑时说“你的翻译并没有忠于原著”，博尔赫斯对此回道：“不，是原文没有忠于我的翻译而已。”其中强调的，也就是翻译和创作之间有共同的地方。不过也许博尔赫斯的说法有点夸张。

沼野： 再回到“钓上来后”这一话题，也就是说最初留在比纳德先生记忆中的，是您父亲、母亲以及家乡的人们用英语讲话的声音，而如果把那些声音原原本本地用英语写出来的话，就可能被英语所束缚而无法完成作品，对吧？也就是说，要与描述对象保持一定的距离，这样才能产生感觉。文学作品的翻译，也是异曲同工的道理吧？

比如说，我也做一些翻译工作，无论是契诃夫的作品，还是陀思妥耶夫斯基的作品，俄罗斯人肯定都是说俄语的。读到原文时，我的脑海中回响的当然只有俄语。所以，虽说把它翻译成日语，但既然出场人物说的是俄语，也没有办法变成真正的日语。尽管用尽办法去想象，这个人用日语到底会怎么表达呢……却发现越是想忠实于原文，越是无法变成真正的日语。可能是无法在某处产生距离的原因吧。

比纳德： 嗯，没错。保持距离，实际上就是在努力接近原著，而远离也是一种忠实的表现。

出场人物总是要说话的。比如马克·吐温作品中出现的，一百五十年前在美国南部生活的人们讲的话，不可能是日语，但是只看到原文中的文字，听到文字所传递出的声音，仅通过语言去理解是不够的。小说主人公哈克贝利·费恩用英语所讲的那些话，如果向纵深处挖掘，会发现其中包含了他的人生体验，他的思考方式，与他相关的那些生命，以及一条叫作密西西比的河流。这条河流淌于他的生命中，存在于他的话语里。

翻译时，语言作为一个入口，分别进入形形色色不同的世界里。一旦进去后，当然也就可以用日语表现出来了。因为大家所感所想都是相似的。所以，这些话，用日语去表达的时候，都会考虑使用怎样的词语比较好。比如是单口相声的韵律吗？还是都都逸①风格的？或是歌舞伎的调子？或者与谢野晶子式的文言文更接近呢？或者以上都不是，是直率爽快的说话方式更接近？日语中有许多不同的表达方式，可以参考的不单单是哈克用英语说的话，也就是说马克·吐温创作的台词是理解少年哈克贝利·费恩的切入口。为了像了解自己一样地了解他，就有必要先彻底成为他。同时，为了更好地捕捉哈克的心理，就需要与他保持一定的距离。以上这些都需要站在作品的角度去观察理解，这就是通往翻译的道路。

沼野：对，而且这是非常困难的过程。我一直觉得，保持距离的同时，还要真正地进入对方的世界里，这两者都是必需的。也有

① 都都逸，日本江户时代的一种俗曲形式。——编者注

人说这两者是同一回事。

我与大部分日本人一样，原来是不懂外语的，觉得很困扰，因为（在做翻译的时候）首要的就是，能够正确地理解原文这一入口，所以对于大多数日本人来说，这一阶段非常困难。但是，在这过程中有一个阶段，是翻译者必须获得自由的阶段。否则，即使理解了原文的世界，回到日语的世界里在表达时也无法获得更多的可能性。所以，既要寻根究底地接近原文并深入理解，又要与之保持自由的距离，否则翻译就会很无趣。

比纳德：由于表现力和想象力有限，所以从尝试着做起来到找到应有的距离设置这个过程是很难的。回顾《钓上来后》的创作和翻译过程，自己站在父亲旁边，他用英语说的话尚在耳边萦绕，这时很难做到保持距离。但是，如果用另一种语言——日语去表达的话，说起来可能比较粗暴，就是要先保持一定距离的放置题材、俯瞰题材。只有这时才能达到灵感和表达的统一。

捕捉感觉时所处的位置、组织语言创作时作为表达者应处的位置，这两者所处的位置非常重要，要时时区分交替着进行创作。但是，归根结底恐怕最重要的是自己能否进入题材中去吧。

沼野：《钓上来后》现在已经成为热点话题了，我可以在这里为大家朗读一下吗？

比纳德：那就拜托了。

（沼野先生正襟危坐，缓缓地朗读了起来）

釣り上げては

父はよく　小さいぼくを連れてきたものだ
ミシガン州　オーサブル川のほとりの
この釣り小屋へ。
そしてあるとき　コーヒーカップも
ゴムの胴長も　折り畳み式簡易ベッドもみな
父の形見となった。

カップというのは　いつか欠ける。
古くなったゴムは　いくらエポキシで修理しても
どこからか水が沁み入るようになり、
簡易ベッドのミシミシきしむ音も年々大きく
寝返りを打てば起こされてしまうほどに。

ものは少しずつ姿を消し　記憶も
いっしょに持ち去られて行くのか。

だが　オーサブル川には
すばしこいのが残る。
新しいナイロン製の胴長をはいて
ぼくが釣りに出ると　川上でも
川下でも　ちらりと水面に現れて身をひるがえし

再び潜って　波紋をえがく——

食器棚や押し入れに
しまっておくものじゃない
記憶は　ひんやりした流れの中に立って
糸を静かに投げ入れ　釣り上げては
流れの中へまた　放すがいい。

（会场响起掌声）

钓上来后

我还小时，父亲常常带我去
密歇根州奥塞布尔河畔的
垂钓小屋。
后来有一天咖啡杯
涉水裤还有简易折叠床
都成了父亲的遗物。

那咖啡杯一直有缺口未补。
那旧皮裤总像是哪里漏水
树脂胶也无法修复。
折叠床的吱嘎声一年响过一年
稍稍翻身便再难睡熟。

物件凋零殆尽
回忆是否也会随之而去。

而在那奥塞布尔河里
还留有难以捕捉之物。
穿上崭新的尼龙涉水裤
我前去垂钓却只见它
溯流往复倏地纵身跃出水面
又再度潜下画出波纹如縠——

回忆深藏之处非是碗柜壁橱
要伫立在那凛冽川流中
静静抛下丝线待钓起之后
再放归流水任它来去。

（本书编者根据日文版翻译）

感人肺腑的俄罗斯作家布罗茨基的英语

沼野：在欣赏这首诗的时候，我突然想到了一个例子。我研究的内容主要以俄罗斯和东欧为中心。有一位特别喜欢的诗人约瑟夫·布罗茨基，俄语发音就是约瑟夫·布罗茨基，苏联时期出生于列宁格勒，后来去了美国生活，1987 年被授予诺贝尔文学奖，五十多岁就过早地离世了。他到了美国之后，也用英语写一些打油诗之类的作品，但主要还是用俄语作诗。

去美国后，他本人积极地用英语完成了一些随笔，作品的文体上有一些令人觉得不可思议的地方，因为极具个人风格而显得很有趣，但不能说是简单易读的作品。随笔中写了许多作者的亲身经历，其中也不乏其父亲、母亲的故事，也是用英语而非俄语书写的。

布罗茨基在苏联出生长大，也就意味着他生活的语言环境都是俄语，那么他的那些回忆也都是以俄语的形式存在于脑海中的。而到了晚年，布罗茨基得知父母重病的消息，申请临时回国，却被拒绝了。所以最终，他没能被允许去送别父母。因此，他以这个感情经历为基础，将对双亲的回忆用英语创作了随笔。他的经历和比纳德先生创作《钓上来后》这一作品的经历好像有相似的地方。那就是，将在某种语境下经历的关于重要亲人的记忆用非母语重新表述出来。我觉得这种行为意义非凡。

比纳德：布罗茨基无法回国这一点对他和他的作品产生了很大的影响。如果从这个角度去谈的话，深入下去就涉及了普遍性。当人们思念一个逝去的人时，这里即使没有苏联政府和美国政府的拒绝，在人们的感知世界里也有一种无法超越的、物理性的，如同无法跨越的国境那样的存在吧！而且，大概，大家都是面对这样一个境界去写作的吧。用母语写也好，用其他什么文体写也好，这时文学创作的原动力大概就是与死者对话的愿望吧。布罗茨基面对的情境，就是无法见面的父母、回不去的祖国。俄语、英语成就了一部优秀的随笔。虽然英语表达上称不上完美，但是感人肺腑。

沼野：我在将布罗茨基用英语完成的随笔作品翻译成日语的时候，去找了值得信任的具有良好学养的美国朋友寻求帮助，他说作品里的英语有些奇怪。

比纳德：这样的情况下，翻译出来的日语也必然是奇怪的吧，否则就不能忠实于原文了。

沼野：我也觉得这样是正确的做法，但日本的编辑不允许这样的情形出现，（因为这样）只会让人觉得我的日语看起来很奇怪。

比纳德：读者可能会觉得很奇怪，沼野先生的日语不可能是这样的。

沼野：即使一开始就在书上写好“这里日语有些奇怪是布罗茨基的问题”，这样的书应该也卖不出去吧？布罗茨基作为一名流亡人士，一方面在空间上离乡背井，另一方面，就像刚才您说的非常重要的一点，就是除了空间上，时间上也是一个问题。已经无法挽回的时间、过去，也是另外一种异国他乡。无法跨越的时间、空间，却无论如何都想要冲破这一界限，这就是文学的表现。正因如此，文学必然伴随着越境性的行为。

被误读的《不畏风雨》——“过去”是一种“外国”

沼野：下面我们话题稍微转换一下，听说比纳德先生喜欢宫泽贤治的作品。贤治笔下的时代与现在的日本完全不同。这样一来，他的诗是否能够完全适用于现在的日本，很值得探讨。对于日本人来说，有一个倾向：认为日本的作家只能是日本人，五十年前也好，一百年前也好，甚至是一千年前的《源氏物语》，这些终究是“日本出品”，所以至今仍有部分国粹主义者认为这些都是外国人无法理解的。这些人认为日本文学是属于日本的，即使是古典的世界也是与现今的日本相关联的。就拿宫泽贤治笔下的世界为例，关于这一点，您觉得是不是这样呢？

比纳德：《不畏风雨》是宫泽贤治的遗作，是他在世时并未发表的作品，现在我以日英对照的绘本形式出版了（《雨ニモマケズ Rain Won't》，今人舍，2013 年）。当然，这部作品很有名，已经多次被译成英语。无论过去还是现在，只要想在网上阅读，马上就能查到，这让人不能不想到，有没有必要特意以绘本的形式出版，再附上出版书号呢？

那么，特意以绘本形式出版的理由是什么呢？21 世纪的读者中，有些人是在中学时期被强制性阅读这篇作品的。近年的在校生中，有喜欢宫泽贤治的学生，也有讨厌他的学生。而且，我有听说过某位演员在读这部作品，也听说过有些人就这部作品做了群读。包括这些人在内的大多数日本人都在生命中遇到过这首诗，却大都不理解它的含义，这让我有很强烈的危机感。

《不畏风雨》是用日语写的，大家都理所当然地认为这是现代日语。但宫泽贤治在备忘录上清楚地记录着是在 1931 年 11 月 3 日写的这部作品。也就是说，书中叙述的是 19 世纪二三十年代岩手县深山里的生活。

那么当时的生态系统、地域社会与 2014 年东京的情况应该是完全不同的。比如，当时的粮食补给率为百分之百。贤治“每日一日食糙米四合、配以黄酱和少许菜蔬”。糙米所含的铯 137 与铯 134 的总量为 0 贝克勒尔①。豆酱也是 0 贝克勒尔，而且是非转基因的日本国产大豆（做的）。虽然都是大豆，但与现在质量大大下降的改良品种相比，当时的大豆，正确来讲叫作畦豆，是在田地里的田埂上种出来的。村里的人应该都知道是在谁家的田埂上谁种的豆，甚至连用的是谁家的曲霉都知道得一清二楚。

虽说是“每日一日食糙米四合、配以黄酱和少许菜蔬”，但实际上大家一天能吃到几合米呢？能吃到四合米吗……根本吃不了！现在的四口之家一般能吃四合米，所以一个人吃四合是相当大的量了。说是“黄酱和少许菜蔬”，当然指的不是现在的 F1②种子。吃着持续不断的自家地里种植的蔬菜，与现在的超市卖的蔬菜用的种子完全不同。但是，大家都视为是现代的日语，而且把它误认为是东京的自己正在使用的本地话。说到“黄酱和少许菜蔬”，大家很容易误解为是简朴的、物质不足的生活。事实上并非如此。

我有一些农户朋友，经常接到他们的电话说：“现在茄子、秋葵和小松菜成熟了，要不要？” “给你送点去吧？” “叮

---

① 贝克勒尔，放射性活度的国际单位，简称贝可。

② F1，为了品种改良通过杂交培育的新品种第一代。其中很多只能存活一代。——原注

咚”——门铃响了，送到了，“咣”的一声放下却一点都不少。所以，宫泽贤治所写的“黄酱和少许菜蔬”，跟我们在便利店或者超市里买到的“一点青菜”是不同的。作品中还有“小サナ萱ブキノ小屋二キテ”（小茅草屋房）的说法，用茅草葺屋顶的房子是非常华丽、气派的。不知道其中有这么多的理解错位，在学校教书的老师们对学生竟说一些“你们也要为了别人尽自己的一份力”的话。

并不是这样的，在这首诗中写道“西二ツカレタ母アレバ”，出门去，并不是要去按摩肩膀，“稲ノ束ヲ負ヒ”，是指放在稻架①上由太阳自然风干，制成好些糙米，一天吃四合；每年都用茅草翻修村里各家的房顶，按照顺序轮流翻修，贤治家也不例外。但是现在东京的中学生从未有过这样的经历，对实际情况一无所知。没有参与过护岸工程，没见过河流，也没有在梯田中玩耍过。这样的孩子不可能理解这首诗的含义！老师们也不懂！我发现了这一点后产生了巨大的危机感。所以，就像我现在跟大家讲话的感觉一样，好像笨蛋一样唠唠叨叨，完全没有任何的效果，相反只是遭人嫌弃而已。

然后，我想一定要改变这种做法。对了，我唠唠叨叨的没有效果，但是让山村浩二先生帮我画画，应该能画出稻子放在稻架上风干的场面吧。这样一来，将贤治所描绘的、当时随处可见的、理所当然的景色，也是作品发生的大背景与语言一起呈现给读者。同时，可能有些人已经在别处听说过或读过日语版了，也

① 稻架，依靠天日，将刚收割的湿稻谷挂晾其上令稻谷干燥。——原注

为了设置距离感，我考虑后加入了英文。这样就用了日英双语的形式，再加上刚才提到的配图，我想三管齐下，这样如我刚才所抱怨的传达不出去的想法，说不定多多少少可以传达给读者。

这不只是《不畏风雨》一篇作品存在的问题，室生犀星①、萩原朔太郎②作品的旅情等，可以说许多诗和文学作品都存在相同的问题。当然，为了更好地让读者理解，制造距离感是很有必要的。英国小说家莱斯利・珀斯・哈特利曾经说过“往事也如一种‘外国’，那里的生活样态和做的事情都不同”。

泛滥的“伪文学”语言

沼野： 俄罗斯过去的事情，即使翻译成日语，当然也与日本的情况不同。必须要认清这个前提，但是如果不清楚到底是哪里不同，而当作同一种情况去考虑的话，就会产生误读。

如果作品里写的是迥然不同的事情，比如发生于中世纪的事，或者古希腊的事，读者阅读时也会自然地带着不同的预设。在这一前提之下如果读到陌生的食物之类的，也许会自学一下，查一下相关的知识，或者至少也会去参考一下附注的吧。也就是说，接触陌生的世界时，自己已知拥有的知识不足，就会自觉地学习、调查。因此，不知道、不了解本身并不是问题所在。最危险的是自以为知道，一旦这样就不会特意去调查资料、查阅词

① 室生犀星，日本明治、大正时代的诗人、作家。代表作有诗集《抒情小曲集》等。——编者注

② 萩原朔太郎，日本明治、大正时代的象征主义诗人，代表作有诗集《吠月》等。——编者注

典。看到米就会认为与现在的米一样，看到蔬菜也以为和现在超市里卖的一样，不会再深入考虑了。我经常会对学生说，翻译的时候最危险的就是自以为是。不知道是很正常的，不知道就努力去查，正因为不知道才会有所发现。所以说，自以为知道是最危险的。日本人坚信自己了解宫泽贤治的世界，而比纳德先生指出了当今的日本人没有读懂的宫泽贤治，所以有些人才会对质疑他们的比纳德先生抱有反感吧。

比纳德：如果以为翻译只是将某种语言转换成另一种语言，自以为是地去做的话，造成误译也是没办法。比这更加危险，并且像习以为常般陷在这个旋涡当中，生活在自己的母语中，自以为懂得，实际上完全不懂。

比如某个东京市民的生活是这样的，某个纽约人的生活也是这样的。因为在电视上看过就误认为自己知道，实际上对实质内容一无所知。在文学中，有时会想要与死者对话，或想要努力唤起过往的记忆去表达出来，这就必须要超越某种界限。事实上这不仅仅是文学的要求，也是这个世界最重要的事情之一。在现代，由于疏忽或者由于距离而将此遗忘。最终，不知什么时候就中了“是我是我诈骗”① 的陷阱或者被什么人欺骗。

沼野：换句话说，关于这个问题，这个世界上所流传的大部分语

---

① “是我是我诈骗”，日本的一种针对中老年人的电话诈骗。犯罪者在电话中不报姓名，只称“是我，是我”，令中老年人想当然地认为是亲人而被骗。——编者注

言，事实上并非出自真心，而是在媒体或者有时是政治权力的引导下形成的。这种语言流传的可能性很高。我希望，在创作诗歌或其他体裁的文学作品时，能够拥有与之相对抗的力量。但写诗的人，有时很容易将世间流传的语言写进诗歌里。因为这样更容易，所以存在着这种危险。

比纳德：可能因为这样的诗比较受欢迎吧，听起来很柔和，毫无违和感，朗朗上口。但这就像广告代理商的作品一样，虽然能够很好地配合经济的发展，在当代甚至可以获得很高的评价，但必定是像食品一样有保质期的。十年过后，可能无人知道女子偶像团体“AKB48”，也没有人知道那个团体是什么。与现实无关的语言，有意歪曲的语言，或者预测了社会潮流从而沽名钓誉的语言，十年、二十年，乃至百年之后会失去意义，消失得无影无踪。这样的语言络绎不绝地出现。在广告界有一种说法叫作“一周期”，一句广告语在疾速变化的影视和时尚圈的世界里，说句极端的话，能够保持三到四个月已经是很好的广告语了。像这样特定时期所创作的语句不断地被制造出来，一次次被消费。以这些为前提的必然不是文学。本来有些东西就是不需要广告也要购买的存在。

文学创作也是需要技术的，必须与广告撰稿员使用相同的工具。此外，像刚才所说，需要保持一定的距离，这一点也与创作广告语时相同。广告语的创作，一方面要综观世界，考虑如何做才会引起世人的注目，但并不是高高在上的俯视。

文学必须要保持一定的距离，某个词是否与现实相关联？如何关联？如果无关，如何建立联系？这是文学需要考虑的问题，技术上虽然与广告相同，创作的内容却不同。因为我一直在创作诗歌，也经常被问到关于诗的问题，比如，为什么大家都不读诗呢？在座的各位，这个月里，大家有谁买过诗集吗？

(听众中有一人举手)

只有一个人啊，不要觉得丢人哦，光明正大地说出来很好哦……经常有人问我，为什么诗不能像小说一样去读呢？我的答案是：“因为其实已经读得够多的了。”

我们大家每天早上起床开始，就生活在诗的旋涡中。因为今天是骑自行车来的，没有遇到那么多的诗。如果乘坐山手线电车的话，除了车内张贴的广告，还有电视广告。没有任何的说明，图片就直接出来，关于脱毛、减肥、化妆、美容、啤酒、清凉饮料，等等。

广告人就是运用图像，将“享受”这个词语用成百上千种说法表达出来，以及穷尽办法让人接受。想吃，想化妆，想脱毛，想瘦，总之让人产生想做什么的欲望。在技术上都是文学的表达方式。象征、比喻、鲜明的语言的反转，等等，运用一切道具，极尽一切技巧创作出来。所以，打开电视看到的广告都是伪文学，新闻大多是仿造型欺诈。报纸上的消息也已经广告化了，在街上看到的都是广告牌。还有智能手机，我是不用的，用智能手机的人也在不停地看广告。这就是为什么无法遇到真正的诗，无法遇到真正的文学，但不经意间觉得已经有满足感的原因。就像是吃加工食品充饥一样，不必去吃用营养丰富的国产大豆制作的纳豆，吃便利店里的盒饭就够了。

文学是不老的“新闻”

沼野：听到您说诗，我想起了一首自己翻译过的短诗，让我们换换心情，读一下如何？波兰女作家维斯拉瓦·辛波斯卡有一首诗，名为《也有人喜欢诗》。英译名为“some people like poem”，我将它译成了“詩の好きな人もいる”（也有人喜欢诗）。据作者所述，喜欢诗的人一千人中大概有两人。

(朗读)

詩の好きな人もいる

そういう人もいる
つまり、みんなではない
みんなの中の大多数ではなく、むしろ少数派
むりやりそれを押しつける学校や
それを書くご当人は勘定に入れなければ
そういう人はたぶん、千人に二人くらい

好きといっても——
人はヌードル・スープも好きだし
お世辞や空色も好きだし
古いスカーフも好きだし
我を張ることも好きだし
犬をなでることも好きだし

詩が好きといっても——
詩とはいったい何だろう
その問いに対して出されてきた
答えはもう一つや二つではない
でもわたしは分からないし、分からないということにつかまっている
分からないということが命綱であるかのように

（会场响起掌声）

有些人喜欢诗

有些人——
那表示不是全部。
甚至不是全部的大多数，
而是少数。
倘若不把每个人必上的学校
和诗人自己算在内，
一千个人当中大概
会有两个吧。

喜欢——
不过也有人喜欢
鸡丝面汤。

有人喜欢恭维
和蓝色，
有人喜欢老旧围巾，
有人喜欢证明自己的论点，
有人喜欢以狗为宠物。

诗——
然而诗究竟是怎样的东西？
针对这个问题
人们提出的不确定答案不止一个。
但是我不懂，不懂
又紧抓着它不放，
仿佛抓住了救命的栏杆。①

比纳德：希望这两人没有被广告代理商骗了。“不懂又紧抓着不放”这最后部分，正是文学最本质的问题。自认为明白，又深信不疑的确是非常危险的事。刚才的话题中谈到，翻译中就出现了自认为懂，却不知前有巨大的陷阱的内容。

文学就是抓住未知的部分，面对未知的部分。惠特曼有一首诗《向世界致敬》，提到“beginning is studies”。说的是作者一直站在入口处，面对着未知的世界。如果能做到这一点的话，即

① 译文引自陈黎、张芬龄译《万物静默如谜：辛波斯卡诗选》，湖南文艺出版社 2016 年 8 月版。——编者注

使整个社会陷入死路，也不会发生因固执己见而要近一亿人殉国的局面吧。

所以，文学可以成为构筑社会的一股强大的力量。如此，文学本应将重要的东西体现在地面之上的生活之中，现在却出现像这样完全偏离现实的现象，这让我产生了某种危机感。事实上，我们每天都在与广告代理商的战争中败得体无完肤。但是，这并不意味着我们输了。即使上了“是我是我诈骗”的当，也终有一天会清楚地知道自己被骗了。

沼野：我一直在研究俄罗斯和波兰等国的非主流文学，可能并没有考虑得如此深刻。

比纳德：俄国可不是非主流哦，俄罗斯文学是非常伟大的文学。刚才沼野先生的话千万不要传到俄国才好，即使是波兰人也会被激怒哦。

沼野：在日本，从事俄语研究的人会被认为是怪人，从前还会被认为是在搞革命。有时，使用“文学”这一词语会让人觉得很惭愧，好像很厉害的样子。有些事虽然只有少数人在做也没关系，喜欢就去做，不要觉得“因为是少数派所以就输了”。做喜欢的事，这才是最重要的。所以，请都来东大文学部的教室吧。今天来的观众，大多不是学生，事实上现在大学里面，文学部的情况是非常艰难的，尤其是外国文学。

比纳德：学生很少吗？

沼野：嗯，是的。可能大家都认为现如今文学不是一门重要的学问。嗯，不知道是否可以叫作学问，因而境况艰难。但是，我想对于真正喜欢文学的人而言，越是艰难时候越是坚持做才越是有意义啊。摆出一副傲慢的表情，说着类似“我是搞文学的”之类的话，听起来反而更令人不舒服。

比纳德：没错，文学是看穿谎言的凸透镜，或者可以说是谎言的对立面。所以，无关乎权力，无关乎支配者，面对赤裸裸的国王，说出对方是“裸体”的，坚持到最后就好。同时，文学是长期性的语言性创造。像沼野先生之前说的，文学或者说“literature”，说起来确实有一种装模作样的感觉。于是，我开始思考到底什么是文学，想起了追求文学极致的埃兹拉·庞德的话。

真正在从事“世界文学”工作的埃兹拉·庞德说过，“文学是新闻，是不会过气的新闻”。对于文学，一万个文学家可能心中有一万种定义，但我认为都离不开这一点。报纸上刊登的是新闻，我们在生活中所听到的、想传达的是新闻，而无论是十年前的文学还是百年前的文学也都是新闻。因为它不论何时都有传承的价值，并且能够将新闻不断传承下来的也只有文学。

说起报纸，今天出的晨报和刚刚出版的晚报都已经成为旧报纸。虽说叫报纸，但上面也会刊登文学作品，像这种不会过时的东西必须跟会过时的新闻区分开来。我曾经翻译过与谢野晶子的作品《你不要死》。收到了读者的反馈，“虽然原文读不懂，但看了您的翻译，第一次读懂了”。我认为在日语作品中，对与谢野晶子作品的翻译越来越有必要了。但无论是俄罗斯文学，还是莎士比亚的文学作品，通过不断翻新的翻译，得以传递给新的读者。这就是翻译一直在做的事情。

对文艺传媒推出“新人”的忧虑

沼野：有一个笑话，说的是莎士比亚的作品有少部分是现代英语版本的，但英语文学圈有一定修养的人基本都要读原版作品。所以只能用16世纪的英语来阅读。与此相比，日本从明治时代坪内逍遥的译本到生动的现代语译本，先后有几十种译本，也有与时俱进的新的翻译版本可供读者选择。所以也有一种反论，认为日本人更能读懂莎士比亚。

比纳德：龟川老师翻译、光文社出版的陀思妥耶夫斯基的作品也是这样。

沼野：所谓古典新译，本来就是这样一种概念。

比纳德：语言是时代的产物，一定会在某个时刻被重译、被修改完善。

沼野：语言是在不断发展变化的，这也是没办法的事情。刚才您就现代语言发表了批判性的看法，我也大体上同意您的观点，但我可能有些浅薄的想法，所以并不讨厌现代的流行语。女子偶像团体“AKB48”说不定也会成为文化历史上的重要遗产，记录在日本的“可爱文化”历史中。一百年后可能有来自美国的日本文学研究者认真从事该方面的相关研究。

比纳德：我认为“可爱文化”本身就是广告代理商搞出来的。我本人并没有说讨厌这些，相反觉得这个团体的成员都是很优秀的女孩子。但遗憾的是，她们就这样白白浪费了青春年华，觉得很可惜。在花样的年龄偏要在那样的状态下度过，不是很可惜吗？今后活到七十岁该做些什么呢？

沼野：我并不了解“AKB48”，个人也不是很喜欢，所以换个话题，说一下更接近专业领域的事。我现在为《东京新闻》撰写文艺时评，经常会了解到许多获得新人奖出道的作家。他们都很有才华，但实话实说，十人中有两人的作品是比较不错的，而另外的八成的作品，是因为工作原因而不得不读下去。作为二十岁到三十岁出道的新人写出的作品，尚可说是不错，但像这样很难想象如何能一直写到七十岁。时下的文艺报刊，只要新人作者有才华就会去发掘、去宣传，只要有闪光点就给予新人奖。也许这之后他也能写出一两部好作品，但如果想作为职业作家生存下去的话，并不是一件容易的事。考虑到作家会在出道后的十年、二十年甚至五十年内持续创作小说，以获奖的形式人工打造明星作家，轻而易举地在市面上销售其作品，这到底是不是件好事呢？

比纳德：是的，我在 2001 年偶然间获得了中原中也奖，以此为契机也开始受到了出乎意料的关注。但也因为获得了中原中也奖，借此跟读者建立了一些联系，这种联系成为我现在创作的巨大动力。如果一直坚持下去，可能还会以其他的形式接触到读者。但对我来说，中原中也奖实在是太贵重了。您读我的作品，也是以此奖为契机的吧。

沼野：比纳德先生您真的获得了非常出色的大奖。当然在日本，奖的数量数不胜数，越来越多的奖项一直在“盲目”地出现。各种地方都有各自不同的评奖活动，每本杂志也都有评奖活动。比纳德先生获奖之前，外国诗人获得此奖尚没有先例。

比纳德：在日文版《东大教授世界文学讲义 1》一书的第一册中最开始出现的作家利比・英雄是凭借小说获奖的，对吧？（《听不见星条旗的房间》/现・讲谈社文艺文库，1992 年，获得野间文艺新人奖）。谷川（俊太郎）先生跟我透露说，利比・英雄本人原打算是成为一名诗人的。

沼野：我是第一次听说。

比纳德：据说是只与诗人说的。可能与小说相比，诗更难接近。

诗与散文

沼野：相反，比纳德先生有没有想过要写小说啊？我认为您写的某篇有趣的随笔，如果篇幅再长一些就能成为相当优秀的小说了。

比纳德：您跟出版社编辑说的话一样呢。对方说我可以不用第一人称“我”，改成“波比”之类的。

我本想小说、诗、戏曲、固定格式的短歌，或者俳句，做的事都是一样的。只要使用语言的技巧创作出来就不会错。于是试着写随笔，然后尝试翻译民间故事、童话等，却发现对于小说、绘本，或者故事来说，结构是非常重要的。作诗的结构当然也很重要，但最基本的一点却是要删掉多余的部分。就像去削石切木。有时删减过头了的话，又把删掉的部分再重新粘回来。

就这样削削切切，循环往复，如果削得狠一些，把原本约稿的五十行诗削成了十行。有时推翻重来，但绝不允许有多余的部分。但若把多余的部分全部去掉，对读者来说就晦涩难懂了，所以有些看似多余的部分还是有留下来的必要。我创作时，写小说也好，创作故事也罢，总有无论如何都想删减的习惯，如果是随笔的话，就不需要做太多删减，相对自由。

所以，现在我还没有写小说的想法。虽有想写的题材，但不能用绘本的形式去写。如果是诗的话，只能像“组曲”或“组照片”那样做一个“组诗”。比如手上有几个以长崎为题材的故事，如果因此变身为小说作家会怎么样呢？这样说现在的小说作家可能会生气吧。所以，我还是先想想自己能否从这种成为小说作家之类的想法中解脱出来。

刚才所说的删除式创作只是随便说说，事实上没有任何根据。小说和诗都是非常出色的文学形式。若真如我刚才说的，一入小说创作深似海，一写小说就必须放弃诗人的身份了……这样说有些恐怖色彩了。

沼野：世上有许多人，最初想要写诗，最后却成了小说作家。

比纳德：利比先生可能就是如此吧。

沼野：也有很多作为诗人占有一席之地后又写小说的人，比如富冈多惠子女士，清冈卓行先生。最近，有些诗人的小说作品也登上了文艺杂志的版面。诗歌作品很出色，即使小说也写得很好，但看上去只是业余爱好，这样的诗人并不能算是真正的小说作家。比纳德先生也许现在可以转行做个小说作家。还是说，已经晚了吗？

比纳德：嗯，可能已经过了有效期吧。

　　如果去看许多日本诗人青年时期创作的作品，会发现大多是从短歌起步的。从固定格式开始创作，经历了不断反复删减的工作后，逐渐转向形式自由的自由诗。

沼野：个人认为，与短歌相比，俳句更短、更精练，追求抽象性，与小说很难结合起来。而短歌和俳句相比，就只长了一点点，却多出了表达生活中的情感或说明性语言的空间。所以短歌更容易翻译成外语。俵万智①的作品已经翻译成俄语并广为传播。我想如果将短歌的感性方面扩展的话，可能某种意义上就变成小说了。

比纳德：短歌中也许是有主人公的，歌者也可能会出现吧。不用说，俳句中也有可能会出现，但不会作为主题去表述。短歌中本人所处的位置很重要，感知到这一点且翻译起来也较容易。俳句则看起来简短，却是另一种结构，其中包含着作为“共有因素”的季语。是大家花时间一点点整理出来的东西。花、蝉声等季语所包含的历史信息，像半导体装置一样被放入俳句中。翻译时应该如何处理才好，以岁时记录为基础的知识又并未得到扩展，因此仍然是个问题。

刚才提到短歌篇幅略长，但我认为俳句更长。这里的“长”指的并非是一句话的长度，而是指句子的数量。俳句的英译本大多是三句左右，但短歌如果有三句的话，就显得冗长无味了。诗的断句很重要，不能像散文那样任意断句，但俳句作品基本要有两次断句，短歌与此不同。

有一位短歌的歌者叫白莲②，是翻译家村冈花子③的前辈，

---

① 俵万智，日本当代和歌诗人。代表作有《沙拉纪念日》《巧克力的革命》等。——编者注

② 白莲，指柳原白莲，日本大正、昭和时代的女性诗人、短歌歌者。——编者注

③ 村冈花子（1893—1968），日本女性文学、儿童文学翻译家。曾翻译《爱丽丝梦游仙境》《红发安妮》等作品。——编者注

曾在 NHK 早晨连续剧里面有过演出①。《红发安妮》是一部神奇的小说，我们叫作“鼻毛安妮”，在世界上被广为阅读的国家只有加拿大和日本。在日本，村冈花子女士成就了该作品。

不仅如此，柳原白莲是村冈花子女士所尊敬的歌者，1967 年 2 月离世。我是同年 7 月出生的。来日本以后，二十一岁时就像失去理智般，想要创作短歌，附近的老奶奶给我介绍的歌者刚好就是白莲的弟子。白莲的短歌精妙绝伦，尝试做了一些翻译，都是两行诗。

她在历史上是一位爱情歌者，实际上她以母亲的身份创作的诗也都是杰出的作品。比如，写晚归：

夜晚迟归　焦急久等的吾儿已入梦　枕边轻放小小的包

为 1945 年 8 月 11 日，即战争结束四天前战死的儿子所作的：

听闻英灵还乡　摇动吾儿骨骸声声响
照片供佛　呜咽吾儿　气息吞泪嗅照片
唯四日之差　死生相隔　痛无情之四日

诸如此类的短歌，按照现如今的英译规则翻译的话，就成了

① 指在 2014 年播放的日本 NHK 早晨连续剧《花子与安妮》中的出演。——编者注

五行诗。但五行就冗长无味了。比如这三句短歌主人公都比较明确了，心情也表现得非常明白，两句便足矣。

将日本文学介绍到国外时，俳句的“五七五”形式，构成三个句子。俳句中有季语，信息量很大，如果没有两次断句的话，就无法呈现出全貌。

但短歌原本就是下一句接上一句的作品，无论如何删减，两句也就够了。区别就在于删减的方法。如若不能从零开始一个字一个字斟酌，语句的创作和翻译都无法实现。

文学的语言

沼野：有趣的话题一个接着一个，没想到一聊起来就没完没了了。我们的谈话也不知不觉进入尾声了，以诗为中心我们进入了一段奇妙的旅程，刚才您提到埃兹拉·庞德的作品颇有含蓄的语言，我也深有感触。而约瑟夫·布罗茨基在获得诺贝尔文学奖时说了如下的演讲内容：“政治一直都是过去式，政治的词语也已经过时，而文学的词语却一直在未来。”

也就是说，关于政治的意识形态、权力展开的词语，基本已经成为死语，没有开拓新世纪的能力。而文学的语言，往往与未来有关，并不是说它追随最新的流行趋势，而是语言本身与未来相连。用埃兹拉·庞德的话说就是它拥有作为“新闻”的能力。约瑟夫·布罗茨基就是这样阐释自己的信念的。基于以上的原因，今天我们讨论文学的语言所拥有的能量，是非常好的事情。

比纳德：想必约瑟夫·布罗茨基在演讲时脑海里萦绕的是苏联的

语言、苏联体制的语言。联想到自己遭遇的一堵墙一样的现实，一边抗争一边逃亡，流落在异国他乡，权力的语言、政治的语言都已成为过去，接下来将开启以诗为语言的时代。

现在，政治的语言、权力的语言已经不复存在。如今的政治家，比如美国总统奥巴马使用的语言，在私人场合说的话虽然不会成为过去，但在公众面前，使用的词语是广告代理商或者演讲作家写的词语。日本的安倍首相也是开口即是广告代理商风格的语言。现在所谓的政治词语，就是广告词吧。深入研究广告词会发现，都是过了保质期的词语，但经专家的一番制作就会让旧貌换新颜。因为要不断翻新，所以广告费十分可观。比如在小林多喜二在东京筑地警察署遭受拷问后被杀害的那个时代，只要稍稍懂得一些语言，也许就能清楚地识别政治权力词语与真正的文学词语了。

但现在没那么容易区分了。因此，有些人在考虑不使用广告代理商风格的语言向大家推销大家不需要的东西，而在谋划着创造共有语言。对他们来说，从现实出发，如何让大众能拥有慧眼识珠的能力，如何将广告与诗区分开，是最大的课题。

在文学里最重要的事就是构词。要创作物语、读白等丰富的文学世界，无论如何要先进行构词。但现如今仅仅做这些是不够的。每天浸润在广告中的我们，必须要做好准备，做好区分文学和广告的训练。近代以来一直存在着各种各样的文学课题。现在广告社会的力量越发强大，我们必须在这种环境下搞文学，那么也许这就是如今最大的课题吧。

约瑟夫·布罗茨基之所以说政治语言是过去式，是因为广告语是过去式，它们本质相同。许多读者都被蒙蔽了双眼。新的东西层出不穷，每每出现，都吸引大批读者。很快，新的东西又再次出现，而之前的就到了保质期。我对于佐村河内守①没有任何成见，但区分他的音乐与真正的音乐，对现代人来说是一个很重要的课题。

有必要区分“可爱文化”与真正的文化。我也并非否定“可爱文化”。但我认为这是文学必须要完成的任务之一。所以，从该意义上讲文学家还没到休息的时候，否则现在可能会变成一个可笑的时代。

沼野：是的，这世界在向着不尽如人意的方向改变，从许多意义上而言越发变成一个不能自由表达的时代。对于真正想从事文学创作的人，说是一个很好的时代可能不太恰当，但可能有存在的价值，因为有太多的事情要做。

比纳德：有的，有的。虽然得不到任何好处。单想着如何活着做下去，也是乐趣之一。

沼野：的确是这样呢。

推荐的书

沼野：鉴于此次谈话，是以推广世界文学为宗旨而开展的讲座，

① 佐村河内守，虽然有听觉障碍，但是从事游戏音乐和交响乐的作曲工作，是媒体关注的人物。2014 年 2 月，被发现由人代笔而成为话题。——原注

我们会邀请每一位讲师推荐一本书，如果您有推荐的书，能否分享给各位听众？

比纳德：我在思考如何写诗，感到迷茫的时候，常常会反复读一个人的东西。这个人就是诗人小熊秀雄①。

刚到日本的时候，还在池袋的日本语学校，经常照顾我的日语老师很喜欢小熊先生的作品，因此我人生中第一次阅读的日语作品就是小熊秀雄的童话。这是一部启蒙我进入文学世界的作品，所以说也并非是喜欢，但我想就这个人创作时的语言，谈谈处于世界中的日本文学。

近代和现代的日本文学中，若说是缺少可能有些言过其实，但如果加入讽刺和幽默的元素就会更完美了。小熊秀雄的讽刺、幽默是雄浑有力的，这本《小熊秀雄诗集》是岩波文库出版的，想看全集的话，可以在《都新闻》，现在的《东京新闻》上连载的“大波小波”这一时评专栏上看到。读过小熊写的文字会发现他果断抨击横山大观②，有趣至极。读后让人不由得拍手称快而感到“确实如此”。他能写叙事诗，令我惊叹日语的表达竟能达到如此程度。

成为诗人从某个层面上可以说是走上了一条“邪路”，那么

---

① 小熊秀雄（1901—1940），日本诗人、小说作家、漫画家。笔名为小熊愁吉、黑珊瑚。代表作有诗集《小熊秀雄诗集》、童话《烤鱼》等。——编者注

② 横山大观（1868—1958），日本著名画家。代表画作《无我》《屈原》等。——编者注

引领我走上这条路的，除了小熊的诗集外还有一位叫作金子光晴①的人创作的诗集。他著有《海狗》《鲨鱼》等优秀的诗作，如果大家也读金子光晴的诗集的话，可能也会踏上这条“邪路”。

沼野：下面，我想进入会场提问环节，在那之前，我想先简单介绍一下比纳德先生的诗集。刚才提到过的《钓上来后》是一部非常优秀的作品，此外获得山本健吉文学奖的《左右的安全》（集英社，2007 年）、《垃圾日——阿瑟・比纳德诗集〈诗的风景〉》（理论社，2008 年）等，都是杰作。

比纳德：遗憾的是《左右的安全》现在已经脱销了，如果大家去订阅的话，出版社可能会再版。

沼野：想必您同许多从事评论、参与电视节目以及广播节目制作的人有过交流，而与读诗集的人交流也许略少一些，趁此机会让更多的人阅读诗集，助力其再版。您提到的约瑟夫・布罗茨基获得诺贝尔文学奖的获奖演讲词《私人》（群像社），也在我出版的翻译作品中。因为是关于诗的随笔，各位如果对诗有兴趣的话，可以读一读。

那么，各位有没有什么问题呢？

---

① 金子光晴（1895—1975），日本诗人。代表作有诗集《黄金虫》。——编者注

与“不言而言”之博弈

提问者 A：希望能介绍一下比纳德先生的绘本作品，《这里是家本·沙恩[1]的第五福龙丸》（画/本·沙恩，策划·文/阿瑟·比纳德，集英社，2006 年）。我非常喜欢这本书，图画和文章搭配得非常好，读起来会觉得写的好像是自己的事，我已经推荐给了身边的人。

比纳德：我是在密歇根长大的，父亲是在底特律的汽车公司工作，但事实上他梦想成为一名画家，一直在作画。不知为何，他最崇拜的人是本·沙恩。

在我出生之前，父亲买了一本本·沙恩的画册，后来我也曾见过，其中有关于第五福龙丸[2]的画，也写着这个词语。那时，对于这是怎样的一幅画，有着怎样的故事，我一点都不清楚，就这样我渐渐长大了。当时并不知道，第五福龙丸是烧津[3]市远洋渔业基地的船只，是用延绳钓具钓捕金枪鱼的船只。之后我来到了日本。

有一次，在东京旅游指南的英语说明中发现了“lucky dragon museum”，令我非常惊讶。那就是我的梦想之地——“第

---

① 本·沙恩（1898—1969），美国画家。代表画作《红色楼梯》《手球》。——编者注

② 福龙丸，此处指日本捕鲔鱼的渔船的通称，在日本多指第五福龙丸这艘渔船。1954 年，美国在西太平洋马绍尔群岛进行水下氢弹试爆，距离爆炸中心约 160 公里的渔船第五福龙丸的二十三名船员受到爆炸的核辐射。此事件被称作“第五福龙丸事件”。——原注

③ 烧津，日本静冈县的城市，有远洋渔业基地。——编者注

五福龙丸博物馆”。这才明白何为“第五福龙丸事件”。我开始关注它是如何被阐释的，以及与现实之间的差距。之后，我明白了。其实，《不畏风雨》这部作品也与此类似，读者并未读懂，而且最重要的部分并没有被解读。我也一样，事实上本·沙恩画了五十多张第五福龙丸的画，我当时一无所知。以为充其量只有几张画而已，直到某天集英社的编辑山本纯司收集齐全后送到我家。

这之后，我创作了《这里是家　本·沙恩的第五福龙丸》。原本只是杂乱无章的剪贴画和绘画作品，开始时也没有考虑过做绘本的事。也不是就那么直接就决定做成绘本的，我与本·沙恩争论——实际上是在我的心里看不见的地方和他有过很多争论。在这个过程中，自己的构想逐渐清晰，也就坚定了做下去的决心。

最初很担心，并不知道能做到什么程度。尤其不清楚船员这一职业，但很多人都知道“第五福龙丸”这一名字。于是我去了烧津，见到了他们，在港口面对面听了他们的回答，我觉得自己快要成为这艘船上的“第二十四名船员”了。

还有一点，就是制作绘本的一个技术性的问题。那就是本·沙恩的画数量不够。最缺少的还是关于金枪鱼的画。因为作品本身就是关于金枪鱼的故事，远洋渔船之所以出海就是要捕获金枪鱼，没有金枪鱼，作品就无法完成。遍寻了所有关于第五福龙丸的本·沙恩的画作，也看了他所有的其他画作，虽然有其他鱼，却没有金枪鱼。

当时，就这样瞪眼看着画，想着怎么办才好。之后，一年多过去了。虽然之前画过鲤鱼旗之类的，但不管怎么修剪也无法变成金枪鱼。烧津的街道、海、船、渔民作业等在画中都有详细的描绘，唯独该有的金枪鱼，没有。

有一次，我把画并排地放在一起，彻夜无眠，凝视的过程中，意外发现了金枪鱼。它正被看不见的鱼钩吊挂着。大家看这幅图，就在这里，渔夫正用尽全力拉紧延绳，金枪鱼就在这里！(他打开了一幅画，上面有拉紧延绳的渔夫，他指着那之外的空间)。这里不是什么都没有，虽然这里看起来没有金枪鱼的形状，但是用力拉紧的力量和一切动作，都是施加在金枪鱼上的。本·沙恩是有意为之的。

也就是说，如果具体画出金枪鱼的轮廓，就会让读者产生“这是金枪鱼，脂肪很厚哦”之类的想法，会很无趣。所以本·沙恩是貌似没画，实则画了。文学上是“貌似没说，实则说了”。美术上，本·沙恩则是未画而显，因此为后代留下影响深远的传世系列作品。我用语言与这些画作反复进行了多次的“博弈”，不局限在看似不同之物，咬紧牙关完成了这部作品。如果本·沙恩还活着的话，可能不会允许我这么做吧。

就这样构建了架构，对读者来说，是先看画作还是先看文章，都无关紧要。就是说，在本·沙恩留下的作品中，我发现了他有着诗人身上才具备的重要特质——不言而言之，正因为意识到这一点才有了这本绘本。不知道我是否说明白了，如果这种情感能够传递给大家，我会非常开心。这是否可以让读者理解，如果读者能够理解，我会非常开心。

沼野：比预计时间超时了很多，非常遗憾，今天的访谈就到这里了。非常感谢比纳德先生，也感谢大家的到来。

2014年世界文学之旅——后记

1. 差异与普遍

2014年于我来说是旅行之年，虽是仅仅几天或至多十天的短期旅行，去了纽约（美国）、首尔（韩国）、莫斯科（俄罗斯）、比什凯克（吉尔吉斯）、华沙（波兰）、利沃夫（乌克兰）、武汉（中国），与当地学者谈论文学、研究文学（在图书馆、书库做研究，吃美味食物，登高等事情都是令人难以忘记的）。平时经常去海外出差，可是在我花甲之年，能够受各地邀请，有机会在世界各地与人讨论文学，实属幸运至极。

虽说如此，不过我以一个上了年纪的老人的步态，忍受着一年多未治愈的肩周炎的困扰，提着沉重的行李箱走在异国他乡的街头，也感觉到了艰辛。有时因忘记本该记住的宾馆、作家的名字而犯难，也常常发生在旅行地忘记东西再返回取的情况（但是即便落下护照、钱包，也会有好心人帮我邮寄过来，或放在某处。与其说丢东西让人头疼，不如说遇到了许多好心人，非常幸运）。虽说与那些轻松地到处去往各国的人的帅气身影相差甚远，但是能够精神十足地去往各地谈论喜欢的话题，我已觉得很幸福了。

去世界各国探讨文学，让我印象深刻的有两点：其一是惊讶于我们之间是如此的不同。很简单的事情也不能相互理解（去了很多次国外，也没有能从这种惊讶中“解放”出来）。其二是惊喜于我们之间又是如此的相同。能够这样相互理解！换句话说就是对差异的惊讶和对普遍性的信赖。先明确一点，我从没认为人与人能够轻易地超越民族和语言达到相互理解。也不认为能简单地消除差异的那种普遍性真实可信。多年来我也学习了多门外语，但到了当地，还是经常会发生即便是非常简单的事情也无法沟通的情况。不止一次地使我深刻认识到真正地精通一门外语是非常不容易的。但是，为了研究世界文学，我们在面对差异表示惊讶的同时，还要具备为理解他人所必需的共同的基本信赖。没有信赖，任何翻译都不可能存在吧。从这点上来说，就像青山南先生在某本书上写的，他对此是极致的乐观派。

不管怎样，也许是因为总是奔波于各国，所以无法在一地久住。现在安静地向桌而坐写这篇后记，离上一次对谈活动已经过去了整整一年，给许多人添了麻烦。不经意间已经到年末，借此机会，我将在世界各地交流时思考的问题，选择一些与本书的内容相关联的话题进行回顾和总结。

2. 纽约

2 月在纽约的哥伦比亚大学举办了主题为“东亚中的俄罗斯——想象力、交换、旅行、翻译”的国际研讨会，我就“近代日本文学发展中俄罗斯文学的影响”这一话题发表了一些看法。对这一话题，比较文学研究者们已经做了大量的调查和实证研究，例如，在日本哪位俄罗斯作家的哪部作品何时被翻译的问题，对哪位日本作家产生何种影响的问题。但是斯拉夫民族、犹太民族、汉族、韩民族等来自不同民族的研究者汇集一堂，我真正想拿出勇气跟大家探讨的是迄今为止没有充分探讨的具有代表性的几个问题。

简单来说，第一，明治时代日本的外国文学翻译介绍，完全不考虑西洋文学的历史、地理因素，塞万提斯、莎士比亚、歌德、陀思妥耶夫斯基等人的作品几乎同时引进，带来了狂欢式的文学界的混乱局面。其中，完全忽视了教条式的上下关系、优劣及序列，历史时间上的先后顺序也不在考虑之中，世界文学在一种“乱战”状态中最终保留下了真正精华、有趣的部分。不局限于既有的规则，无视时间序列和国别，推介、接受世界文学并从中选出优秀的作品，这种阅读世界文学的方式是极其认真的、现代的。在日本，这在明治时代就已经被采用。

第二，仅仅阅读由俄语译成日语的译本，还不足以了解日本俄罗斯文学受容情况的全貌。因为自明治时代至昭和初期，大多数日本作家不依赖于日语译本，都是自己用英语（有时是德语、法语）疯狂地阅读世界文学作品。森鸥外用德语，夏目漱石、龙之介用英语阅读俄罗斯文学。学者加藤周一也指出：20 世纪后期开始，大部分日本作家失去了外语能力，只能依靠日语译本来亲近外国文学了。结果，外国文学反而失去了其影响力。

第三，作为在东亚介绍俄罗斯文学的“先进国”，日本的各种翻译译本，可以说对韩国、中国都产生了影响。实际上，韩国、中国的知识分子通过日译本了解俄罗斯文学的不在少数。比如鲁迅，他开始接触到以俄罗斯文学为主体的世界文学，就是在日本的留学时代（读了多少日译本另当别论）。韩国人、中国人对日语也有憎恶的一面，这是不争的事实。因为它曾是一门被强迫使用的侵略者的语言。但是日语作为翻译的语言推介、传播外国文学的作用，我们是否应该认识到呢？

或许我们已经涉及了有点专业性的讨论，可是通过这些讨论，我重新认识了世界文学的阅读方式。在接受方面，翻译所起到的作用比我们通常认为的重要得多，有时甚至是决定性的作用。这也正与本书中大家的言论相呼应。

3. 莫斯科

9 月初受世界翻译者会议的主办方邀请，我去了莫斯科。所见所闻让我感到，由于当时比较严峻的乌克兰局势的连锁反应，俄罗斯也处于紧张局势中。较为亲近的现代作家们也深陷其中，我对此表示愕然的同时，也因日本对此毫无报道而感到深深的不安。所以，我觉得我一定要说点什么。我原本是不关心政治的，也从没想过高声发表点什么主张。只想尽可能地安静地阅读喜欢的文学作品，并将其魅力分享给亲近的人和学生们。

但是，唯有这次与以往不同。如果自己不在这里说点什么，那么四十余年来一直与俄罗斯文学息息相关的自己的人生岂不是毫无意义？

4. 比什凯克

9 月末 10 月初，我在中亚的吉尔吉斯共和国（也称“吉尔吉斯斯坦”，“吉尔吉斯”与当地名称的发音更接近“クルグズ”，近来日本学者提出使用“クルグズ”来标记地名）的首都比什凯克停留了一段时间。作为日本国际作家协会的代表，我出席了国际作家大会。此次大会有世界七十四个国家的作家协会、约一百八十名作者和学者参加。不仅有吉尔吉斯、哈萨克斯坦、塔吉克斯坦等中亚国家的作家，还有中国、俄罗斯、乌克兰、波兰等来自世界各地的代表团，偶有谈论紧张的世界局势，但整体是度过了一段轻松愉快、充实的时光。

国际作家协会（有很多误解的人）不仅仅是单纯的作家亲和团体，还捍卫写作自由，这是最大的任务之一。偶有参加这种会议的时候，就会再次感到日本（比较而言）真是一个和平的国家。

政治话题我们暂且不提，国际作家大会于我来说，是非常具有吸引力的，因为能够与平时难得一见的各国文学者交流学习。吉尔吉斯诗人、作家中，担任中亚作协会长一职的达利米拉·特热浦贝尔歌璐布娃是史上第一位中亚地区国际作家大会的女性代表，能写出雄壮的作品，优美的诗句。例如她曾写过这样的诗句：

在无数的繁星和银河下
感谢能够生于这地球上
在此之上最好的馈赠
则是生活在阿拉脱奥这片大地上

从塔吉克斯坦来的刚刚二十多岁的年轻女孩，略带神秘美感的女性诗人、作家阿妮萨·萨碧莉在《给友人的信》的前言中写道：

> 所谓友情是上天赠送的珍贵的礼物。馈赠的礼物都是神圣的，友人犹如陪伴我们一起飞向新世界的鸟儿，犹如能让人向往天空的鸟儿。信……人们很久之前就不再写信了。信是非常有意义的，是了解自己的第一步。

无论哪一个在日本人看来都是满溢纯真的创作吧。哪一个都会引起新鲜的反响。而且无论用哪一个国家的语言（这两个人都是用俄语书写的），无论根植于怎样不同的生活，都能相互理解。

这次的国际作家大会上举行了名为“新声”（New Voices）的国际新人文学奖的颁奖仪式。该奖项是于2013年设立的，推选十八岁到三十岁的年轻作家的未发表的作品。今年是该颁奖仪式举办的第二年，选出了来自俄罗斯、罗马尼亚、吉尔吉斯三名作家的作品作为候选，最终俄罗斯女作家玛丽娜·芭芭恩斯卡娅的作品《蛙之组曲》获得了此奖项。举行颁奖仪式那天的早晨，从宾馆到会场的车上她正好坐在我旁边，我用英语问她是哪个国家的代表，她用俄语回答我说：“我不是作家协会的代表，我是‘新声’奖的获奖候选人。今晚会发布评审结果。”我回应说：“希望您获奖。”我读了她的获奖作品，是一篇主人公看望在乡村的奶奶时记录所见所闻的短篇随笔。

半夜奶奶叫醒我，“我们去听池边青蛙唱歌吧，一场演奏盛宴，会听入迷的”。

睡衣外面披了一件羊毛外套，光脚跟着奶奶来到庭院中，两人一起默默地坐到长椅上。仰头一看，满天的星星如串珠一般显得南国的天空低垂，夜晚凉风习习中，倾听池蛙低声合唱，歌曲旋律优美，跌宕起伏，或悠扬或轻快，再慢慢融合。

“听，大家都急着想结婚呢，婚礼之歌哦！”奶奶突然轻声笑了，“这是多么美妙的歌声啊！”

我和奶奶就这样一直坐着，直到池蛙停止了唱歌，低空处的星星落下。

随笔中的这段让人读后很欣喜，我本激动地想告诉她日本自古时候的《古今和歌集》至 20 世纪的诗人草野心平的作品，歌颂青蛙的诗歌一直被传诵着，我也很喜欢她的作品。可是，她接受了乌克兰作家协会的副会长、作家安德烈·库尔科夫的颁奖后，我就没再见过她。我靠近库尔科夫，把想对她说的话讲给了库尔科夫：“如您所知，在日本也有许多有关青蛙的诗歌。”库尔科夫居住在乌克兰的基辅，因小说《企鹅的忧伤》（新潮社）而名扬日本，我曾准备邀请他参加 2015 年在日本召开的大型国际学会。跟他说了邀请的事情后，我得知了两件事。他一直很喜欢日本，学生时代也曾学过日语，知道松尾芭蕉的《古池》，但是芭芭恩斯卡娅笔下的青蛙的合唱，与《古池》中描绘的青蛙所在的闲寂世界完全不同，应该是更加热闹吧。我曾想亲自请教她的。蛙是相同的，也是不同的。文学也是相同的，也是不同的。而这不正是世界文学吗？

5. 利沃夫

10 月末去华沙参加学会，顺便去了乌克兰西部的城市利沃夫（俄语音译的标记为利沃夫，波兰语音译应该是巴尔布辅）。说起利沃夫，多数日本人恐怕会认为那只是一座鲜为人知的边陲小城。可是这座城市颇具历史渊源，充满了中欧风情的文化韵味，有许多宗教的教会和历史建筑，从大路到小巷别具一格的咖啡店处处可见。虽然近期乌克兰与俄罗斯的纷争不断升级，可是在这里完全感受不到，这是一座让人感到安心的美丽城市。这座城市与文学颇有渊源（如波兰的科幻作家斯坦尼斯拉夫·莱姆出生于此地），我一直没有机会来此，这次来到这座城市，甚至任性地认为这座城市是不是为了我而存在的。从语言方面来讲，这座城市现在使用的主要语言是乌克兰语，可是在历史上这里是波兰语与俄语交汇融合之所（这种无礼的说法一定会招惹当地人的厌烦吧），不过对我这样虽然通晓那两种语言，但只了解一点乌克兰语的人来说，这却是一个宜居的好地方。

游览城市的著名景点，郊外的“高城”遗址后回到城市中，突然被两名二十岁左右的美貌女子叫住，两个人也许是学习了日语，因为某个项目能去日本，看起来很是兴奋呢。她们的日语水平只到能够简单寒暄的程度，当她们知道我懂俄语后，就不断向我问了一些很难回答的问题：日本人早餐都吃什么呢？信奉什么神灵？把什么当作精神价值呢？就这样我们站着聊了近一个小时，我本想邀请两位年轻女孩去咖啡店聊天，可是我在这里只能停留三天，还有许多教堂、美术馆没有参观，只能遗憾地结束了聊天。分别之际，我称赞她们的俄语讲得好（当然，她们的母语是乌克兰语，而不是俄语），似乎她们对被日本人称赞俄语好感到很吃惊。

另外，我与乌克兰国立美术馆馆长引荐的乌克兰女作家哈莉娅·芗、娜塔鲁克·斯尼娅丹蔻一起在咖啡店愉快地聊天。哈莉娅是当下颇有人气的新锐作家，她的长篇新作《面瘫医生》是其因面瘫入院时，根据脑海中浮现出的幻想而写的后现代主义风格的写实小说。娜塔鲁克是利沃夫的代表作家之一，她也从事德国文学、波兰文学的翻译工作，是卡夫卡《城堡》的乌克兰语版译者。她的代表作《热情的收集者，或是乌克兰女性的冒险》被译成俄语、波兰语，从而被大众熟知。两人的作品都是用乌克兰语写的，即便我收到赠书也是读不懂的，所以我也在心里暗下决心要学习乌克兰语。

我喜欢的波兰现代诗人阿达姆就出生在利沃夫，他出生于1945 年，当时正值第二次世界大战结束，利沃夫当时划归乌克兰，所以像住在利沃夫的其他波兰裔居民一样，他也移民到了波兰，但对这个城市仍然不能忘怀。他的代表诗作《去往利沃夫》中有这样几句，这次我来到这座城市，深刻地感觉到他诗中的韵味。

威尼斯风情咖啡店内

阳伞下蜗牛聊着永远
屏住呼吸，去往利沃夫。结局
那是一种存在，安稳且纯粹
如桃子般，利沃夫无处不在

6. 东京，再谈差异与普遍

结束了今年的数次旅行（11 月份中旬去了中国武汉，在两所大学做了关于文学的讲座，那时的印象就不多说了。并不是因为没什么印象而无从写起，而是因为要写的实在太多，在此后记处写不下）。刚回到东京，我就发现日本举行了并不受期待的众议院选举。目前日本各方面形势严峻，各方反对意见和批判声不绝于耳，可是最终在野党，即便不是压倒性胜利，也巩固了现有势力。这在一定程度上也是可预知的结果，日本应该是美好事物和平共存的“多”的国家，可是每每有什么事情发生，就被整合成“一”的国家。但是，不是以多样性和复合性为前提的“一”，而是舍弃那些形式上的“一”。像罗纳德那样熟知日本，最亲近日本的学者也必然会感到“幻灭”（《幻灭　外国社会学者所见的战后日本七十年》，藤原书店，2014 年）。

这里我们又回到最初的话题，所谓世界文学之旅，我想就是一边与各种文学相遇，一边摇摆于“一”和“多”之间。我尊敬的语言学家罗曼·雅各布森，精通世界上数十种语言，了解世界语言的多样性，同时也相信贯穿全体的一个普遍性，用他的话来说，自己一生研究的课题是“变化中的不变性”。

这与世界文学是一样的，我们会分“诗歌”“小说”等不同的体裁，可是展现在世界面前的是绝对的多样性，尽管我会把相互理解变为可能的不变性或称为普遍性，但对如此错综复杂的相互交融，依旧会感到震惊。正因为我们之间的不同，才更加有意思。但是如果仅仅是不同，就不能够相互理解，而翻译恰恰超越这些不同，将理解变为可能。所以说世界文学的主角实际上是翻译。

再次强调，世界文学绝对是庞杂和多样的，但是我们如果不能欣赏其多样性，就没有存在的意义；如果不相信其普遍性，就会陷入到相对主义的虚无深渊中。世界文学就是在多样性和普遍性、“多”和“一”之间永远地徘徊着。这正是用“世界”来修饰“文学”的本质。正因为如此，文学在永无止境地向“一”的行进中被按下了暂停键。应该庆幸的是在当今的日本，文学还有登场的机会。

本书所记录的各个对谈，是在以下讲义、讲稿的基础上修改的。

罗杰·裴费斯　东京大学文学部研究生院“现代文艺理论研究室”的正规课程

同研究室和光文社共同举办的公开讲座“令人震惊的日语　美妙的俄语”

2014 年 4 月 18 日　东京大学（本乡校区）文学部 3 号馆斯拉夫语斯拉夫文学研究室

以下都是由日本出版文化产业振兴财团（JPIC）主办的“世界由文学构成——十岁相遇的翻译文学之旅‘新·世界文学入门’和沼野教授一起读世界的日本、日本的世界”。

第一次　加贺乙彦　2013 年 11 月 9 日（东京，涩谷，长井纪念堂）

第二次　古川俊太郎·田原　2013 年 12 月 7 日（东京，新宿，安与堂）

第三次　辻原登　2014 年 2 月 2 日（东京，新宿，安与堂）

第四次　阿瑟·比纳德　2014 年 5 月 20 日［东京大学（本乡校区）法文 2 号馆 2 号大教室］

图书在版编目（CIP）数据

东大教授世界文学讲义. 3 / (日) 沼野充义编著；王宗杰译. —杭州：浙江文艺出版社，2021.7
ISBN 978-7-5339-6527-3

Ⅰ. ①东… Ⅱ. ①沼… ②王… Ⅲ. ①世界文学—文学研究 Ⅳ. ①I106

中国版本图书馆CIP数据核字(2021)第114714号

统筹策划 柳明晔
责任编辑 邵 劼
责任印制 吴春娟
封面设计 人马艺术设计·储平
营销编辑 张恩惠
数字编辑 姜梦冉

东大教授世界文学讲义 3

［日］沼野充义 编著 王宗杰 译

出版发行 浙江文艺出版社
地　　址 杭州市体育场路347号
邮　　编 310006
电　　话 0571-85176953(总编办)
0571-85152727(市场部)
制　　版 浙江新华图文制作有限公司
印　　刷 杭州富春印务有限公司
开　　本 850毫米×1168毫米 1/32
字　　数 165千字
印　　张 7.5
插　　页 6
版　　次 2021年7月第1版
印　　次 2021年7月第1次印刷
书　　号 ISBN 978-7-5339-6527-3
定　　价 82.00元